双葉文庫

口入屋用心棒

木乃伊の気

鈴木英治

目次

木乃伊の気　口入屋用心棒

第一章

一

静かになった。

屋根を打つ雨音が消えたことに、湯瀬《ゆせ》直之進《なおのしん》は気づいた。

ようやくやんだか。

直之進は、文机《ふづくえ》の上の書物をそっと閉じた。

読んでいたのは『大学《だいがく》』である。もっとも、今日は気が乗らず、書物はただ開いているに過ぎなかった。

三日ものあいだずっと書見をしていれば、飽きもすると直之進はいいわけでなく思った。

ぐっすりと眠っている直太郎《なおたろう》に添い寝していたおきくが顔を上げ、天井を見やった。

「上がったのでしょうか」

ほっとしたような顔できいてきた。我が妻ながらなんとも美しいと直之進は思った。見とれてしまいそうだ。

――おきくに目を奪われるのは、決して俺だけではあるまい。自慢でなく直之進は考えた。おきくを妻にした直之進のことをうらやんでいる男は、ちまたに大勢いるのではあるまいか。

「どうやらそのようだな」

おきくを見つめ返してつぶやくと、直之進はにっこりと笑《え》んだ。いつ果てるとも知れなかった雨音が聞こえなくなり、さすがに安堵《あんど》の思いを隠せない。

外では、はしゃぐような鳥たちの鳴き声もしはじめている。

やはり上がったようだな、と直之進は思った。よっこらしょ、といいながら立ち上がったが、すぐに顔をしかめた。

ただ立っただけなのに、よっこらしょと口にするなど、ずいぶん歳をとったものだ。

まあ、それも仕方あるまい。実際、すでに三十を超えているのだから。

人生五十年として、残りはもう二十年を切っている。

そのことに思い至り、直之進は愕然とせざるを得ない。

まだ幼い直太郎や妻のおきくと一緒にいられる時は限られているのだ。

その日だけでなく、一瞬一瞬を大事にして生きていかなければならぬ、と直之進は改めて決意した。

この三日間、おきくと一人息子の直太郎とともに過ごすことができたのは、ことのほか貴重だった。

――この幸せをずっと守っていかねばならぬ。

襖《ふすま》を開け、直之進は廊下に出た。さるを外し、雨戸を横に滑らせる。

三日ぶりの陽射しが廊下にどっと入り込んできた。さわやかな風も吹き込んでくる。

あまりの明るさに顔をそむけ気味にして直之進は濡縁《ぬれえん》に立ち、手庇《てびさし》をつくって頭上を仰ぎ見た。

真上に位置している太陽は、やっと出番がやってきたかといわんばかりに強烈な光を放っている。

これまでずっと江戸の空を覆い尽くしていた厚い雲は太陽の勢いに押されたよ

うに北に去りつつあり、突き抜けそうな青空がどんどん広がっていく。

——美しいものだな。

感慨を覚えた直之進は、深く息を吸った。緑一色にきらきらと輝いている庭に眼差しを向ける。

瀑布《ばくふ》の勢いすら感じさせた雨は、やむことを忘れたように三日間も降り続いた。まるで嵐がやってきたかのような猛烈な風が、庭の草木を激しく揺らしていた。

その悪天が続いているあいだ、江戸っ子のほとんどは降り籠められていたのである。

むろん直之進たちも例外ではなく、外へは一歩も出なかった。出ようなどという気が起きないほどの荒天だったのだ。

秀士《しゅうし》館《かん》の門人もこの三日間、姿を見せる者はほとんどいなかった。

秀士館の差配役である館長の佐賀大左衛門《さがだいざえもん》が、あまりにすさまじい天候を目の当たりにして、いち早く休館に決めたからである。

実際にはそのことを知らず、濡れ鼠《ねずみ》になってやってきた者も何人かいたらしいが、秀士館が休館であることを知ると、むしろほっとしたように帰っていったという。

目が慣れた直之進は再び空を見上げた。

江戸に大雨をもたらした雲が足早に去ろうとしているのは、強く吹く風の後押しがあったからだ。

秀士館のある江戸郊外、日暮里《にっぽり》のにおいを運んできたのか、風は緑の香りを濃くはらんでおり、かぐわしく感じられる。

雨上がりは、と直之進は思い切り息を吸い込んで思った。ことのほか気持ちがよいものだな。

陽射しは強いが、今のところ暑さは感じない。秋が来たかのような、すっきりとした涼しさが漂っている。

どこからか、子供の歓声が聞こえてきた。雨が上がったのを知り、早くも遊びに繰り出したのだろう。

この時を、家の中でずっと待ち焦がれていたにちがいない。

子供の声は、けっこう近くから聞こえてくる。秀士館の敷地内に入り込んでいるのかもしれない。

ここは三千坪もの広さがあるから、遊び場には事欠かないだろう。

それを見とがめ、目くじらを立てるような者は、秀士館には一人もいない。

男の子たちがのびのびと遊んでいるのを、直之進はよく目にしている。

自分も、と子供の声を聞きつつ思い出した。幼い頃は、雨がうらめしくてならなかった。早くやんでくれぬものかと、濡縁に座り込んでは空を見上げていたものだ。

夫婦の部屋に戻ろうとして、むっ、と直之進はとどまった。

目を鋭くして庭を見やる。

この地に秀士館が建てられる前から植わっていたものだろうが、一本の梅の古木が三間ばかり先に立っている。

そのそばに背の低い木々の茂みがあるのだが、そこに誰かがひそんでいるような気がしたのだ。

いや、紛《まぎ》れもなく誰かがいる。直之進は、茂みのあいだから二つの目がのぞいていることを確かめた。

——何者だ。

瞬《まばた》きすることなく直之進は見返した。

直之進たちが暮らしているのは、秀士館内の家である。

広いとはいえない庭の両側には目隠しの木塀が設けられており、隣家から人が入り込んでくるようなことはまずない。

庭の突き当たりにも半丈ほどの高さの塀が築かれており、その向こう側は、味噌や醬油、米などがおさめられている二つの蔵が並んで建っている。

灌木《かんぼく》の茂みに見えている二つの目は、敷地内に入り込んだ子のものだろうか。

――いや、ちがう。

すぐさま直之進は心中でかぶりを振った。そこに見えているのは、いたずらを企んでいるような子供の目ではない。

茂みからのぞく目は、じっとりとした粘り気を帯びているのだ。なにやら、害意を抱いているのか。

直之進は腰に手を当てた。だが、そこに触れるものはない。

丸腰である。刀も脇差《わきざし》も、刀架に置いたままだ。

ここが自宅だからこその油断であろう。

――刀を取りに行っている暇はない。

何者がどんな理由でそこにひそんでいるのか、確かめなければならない。もし害意を抱いているなら、引っ捕らえなければならない。

――とにかく捨ておけぬ。

直之進が感づいているとわかっていながら、そこにひそむ者はまったく動こうとしない。

二つの目は直之進に据えられたままで、逃げようという気はないようだ。

――やる気か。望むところだ、捕まえてやる。

直之進は意を決し、庭に飛び降りようとした。だが、その前に背後のおきくと直太郎が気にかかった。果たして自分がこの場を離れてよいものかどうか。別の誰かが近くにひそんでおり、直之進が濡縁を離れた隙におきくたちを害そうとするかもしれない。

直之進は振り返った。おきくは直太郎に添い寝したままだ。曲者《くせもの》の目には毛ほども気づいてはおらず、笑みを浮かべて直太郎になにごとか、ささやきかけている。

――よし、そのままでいてくれ。

おきくに向かって念じた直之進は、さらにあたりの気配を探った。梅の木近くの茂み以外に、人の気配は感じられない。

賊は一人、ほかにはおらぬ。

そう判断した直之進は背後の雨戸を静かに閉めた。閉めると同時に濡縁を音もなく蹴って、地面に降り立つ。

間髪《かんはつ》容れず走り出そうとしたが、ぬかるみに足を取られ、わずかによろけた。鍛え方が足りぬ、と体勢を立て直しつつ直之進は舌打ちした。

そのとき、いきなり茂みが二つに割れ、人影が飛び出してきた。突進してくる。

直之進がよろけたのを隙と見て、この機を逃さず襲いかかろうというのだ。その決断の早さに直之進は瞠目《どうもく》した。相当の遣い手だ、と直感する。

ぎらり、と鋭い光が直之進の目を打った。降り注ぐ陽射しを、曲者が握る刀の身が映じたのだ。

まるで直之進の目を的《まと》にしたかのようにまぶしかったが、ここで顔をそむけるわけにはいかない。

男は、黒い覆面をすっぽりとかぶっている。がっしりと両肩が張った体には紺色の小袖《こそで》をまとっているが、袴《はかま》は穿《は》いていない。

着流し姿で、形《なり》は浪人そのものといってよい。脇差は腰に帯びておらず、得物《えもの》は手にしている大刀のみと直之進はみた。

三間の距離が、あっという間に縮まった。覆面からのぞく目は、突進しつついささかも揺らぐことなく直之進を凝視している。今にも炎が噴き出しそうな強い眼差しである。

その両眼に宿っているのは、明らかに殺意だ。直之進を亡き者にせんとする決然たる思いを抱いているのが知れた。

——こやつはいったい何者なのか。

直之進には、目にも体つきにも見覚えはない。これまで一度も会ったことのない男であろう。

だから、なにゆえ殺意を向けられるのか、直之進にはまったく見当がつかない。この男の怨《うら》みを買うようなことがあったのか。

もしや、と直之進は頭に浮かんだことがあった。この前、捕らえたばかりの撫《む》養《や》知之丞《ともの じょう》の手下ということはないのか。撫養は太平の世を転覆せんとした痴《し》れ者《もの》である。

撫養の手下たちは、常に覆面をしていたではないか。

だが、直之進には眼前に迫ってきた男が撫養の手下とは思えなかった。

撫養の手下はみな捕らえられ、逃げおおせた者は一人もいないと、南町奉行所同心の樺山富士太郎《かばやまふじたろう》から聞いている。

それに、撫養の手下に尋常ならざる腕を持つ者はいなかった。となれば、と直之進は思った。なにか別の理由で俺は狙われていることになるのか。

直之進を間合に入れた男が、上段から刀を振り下ろしてきた。気合を発せず、まったくの無言である。

おっ、と直之進はまたも目をみはった。

振り下ろされた男の刀がひどく見えにくかったからだ。それは男が体と腕の使い方が巧みで、太刀筋が読めなかったからだ。

やはり並々ならぬ腕前だ、と直之進は悟った。

そんな男の前に丸腰で飛び込んでしまうとは、なんと迂闊《うかつ》なことをしたものか。しかし、悔いたところでもはや遅い。

さっと横に動いて、直之進は斬撃をぎりぎりでかわし、間髪容れずに男の懐《ふところ》に躍り込もうとした。

だが男はそれを許さず、すぐさま引いた刀で直之進の胴を払ってきた。

男の動きはしなやかで、その上、力強かった。目の前の男は、こちらが思った以上に強いのだ。

とんでもない業前《わざまえ》の持ち主だ、と直之進は思い知った。瞬時に後ろに下がる。着物の前をかすめるようにして切っ先が通り過ぎていく。

もし一瞬でも下がるのを躊躇《ちゅうちょ》していたら、直之進は脇腹を抉《えぐ》られていたのではなかろうか。背筋を脂汗が流れていく。

男が刀を手元に引き戻そうとする。その瞬間、男の右肩がわずかに落ちたのを、直之進は目の当たりにした。

男に何が起きたのか、考えるまでもなかった。今度は、男がぬかるみに足を取られたのである。

ただし、それはほんのかすかな隙に過ぎなかった。罠ではないか、との思いが直之進の頭をよぎる。

だが、この機を逃すわけにはいかない。男を捕らえる絶好の機会だ。

姿勢を低くして、ためらうことなく直之進は突っ込んだ。

今にも刀が真っ向から振り下ろされるのではないか、という気がしてならなかった。

そして、実際に刀は猛然たる勢いで落ちてきたのだ。

男が足を滑らせたのは、案の定《あんのじょう》、直之進を間合に引き込むためにわざとつくってみせた隙だったのである。

ここで対処の手立てを誤ったら、と直之進は死地に身を置いて思った。骸《むくろ》にされるのは目に見えている。

この場から遁走《とんそう》したいような恐怖にとらわれたが、今さらそんな真似はできない。下手《へた》に逃げようとすれば、体を両断されるだけだろう。

相変わらず男の刀は見えにくかったが、近づいてくる強烈な斬気《ざんき》からして、次の瞬間には刃はわが身に届いてしまうだろう。

音もなく迫った刀が直之進の左の肩口を捉えようとする。

男がどこを狙いとしているのかわかれば、斬撃がどれほど鋭かろうと、かわすのは、さほど難儀なことではない。

直之進は体勢を低くし、首を振るようにして左側にさっと動いた。それで斬撃をぎりぎりよけられたのはわかったが、刀の切っ先が髷《まげ》をかすめていったのには、さすがに肝《きも》が冷えた。

刀を手元に引き戻した男が、間髪容れずまたも刀を振り下ろしてくる。

今度は、右手だけの斬撃であることに直之進は気づいた。

男の刀は、しゃがみ込んでいる直之進の首を刎《は》ねんとしていた。

右手のみでこれだけの斬撃が使えるとは、男はすさまじいまでの膂力《りょりょく》を誇っている。

男の鍛え方は、とすぐさま横へと跳んで直之進は思った。並大抵のものではないのだ。

それからさらに動いて間合から外れたことで直之進は男の斬撃を避けきったはずだったが、男の刀は、鎌首《かまくび》をもたげた蛇が飛びかかるような伸びと変化を見せた。

再び直之進を間合に入れた男は、片手斬りの刀を袈裟懸《けさが》けに振り下ろしてきた。

どうする、と直之進は迫りくる刀を視野に入れつつ自らに問いかけた。さらに横に動くか、後ろに下がるか。それとも、別の動きをしたほうがよいのか。

必殺の片手斬りの前に、直之進が呆然としていると覆面の男はみたのではないか。殺《や》ったと確信したにちがいない。

しかし、その前に直之進は動き出していた。体をかがめ、男に向かってまっすぐ突っ込んでいったのだ。

男の右手のみの斬撃は、一瞬前に直之進がいた場所の大気を真っ二つに斬り裂いた。

もし動き出す頃合いを見誤っていたら、死は確実に訪れていたと思えるほどの際どさだった。それだけ片手斬りの斬撃は強烈だったのだ。

だが、直之進を殺ろうと渾身の力を込めたせいか、男の斬撃がわずかながらも大振りになったのは否めない。

――よし、かわした。

男の片手斬りをかいくぐった直之進は、がら空きの懐に飛び込んだ。男に当身《あてみ》を食らわせ、気絶させるつもりだった。

と思ったら、男がいきなり左手を突き出してきた。

はっ、として見ると、そこには小刀《しょうとう》が握られていた。

男は、背中に脇差を隠し持っていたのだろう。片手斬りをかわされ、直之進に懐に飛び込まれたときにも備えていたのだ。

どうしても大振りにならざるを得ない片手斬りをかわされたら、飛び込んでくるであろう直之進を脇差で貫く狙いが、端《はな》からあったにちがいない。

だからこそ脇差が見えないように、背に隠していたのだろう。

いや、もしかすると、隠し持っていた脇差を用いて直之進を屠《ほふ》ることが、最初からの筋書だったのかもしれない。

とにかく、男の懐におびき寄せられたことを直之進は知った。飛んで火に入る夏の虫とはこのことだろう。

いま自分は、まちがいなく虎口《ここう》に足を踏み入れている。

脇差をよけることはできない。今にも切っ先が体を突き刺しそうだ。

しかし、ここで死ぬ気など直之進にはなかった。右手を伸ばし、男の左手をがしっ、とつかむ。

だが、それだけでは男の脇差は動きを止めなかった。男は恐ろしく力が強いのだ。

やはり相当鍛え込んでいると直之進は感じた。

腰を落として両足で踏ん張り、両手で男の左手を包み込むようにすることで、ようやく脇差の動きを止めることができた。

みぞおちのあたりにかすかな痛みを感じた。そこを見ると、男の脇差は直之進の着物に小さな穴を開けていた。

刃先がわずかに肌に届いただけで、肉にまで入り込んだわけではない。なんとか寸前で、脇差を押しとどめることができたのだ。

両のこめかみに、じっとりと汗が浮いているのを直之進は感じた。

男が脇差で直之進を刺し貫くことをあきらめたか、いったん、脇差の切っ先が体から遠ざかっていく。

直之進はほっと安心しかけたが、すぐに男は右手の刀を頭上から落としてきた。

必殺技だったはずの脇差も阻まれて憤怒《ふんぬ》の形相となった男は、大刀《だいとう》で斬って捨てようというのではなく、柄頭《つかがしら》で直之進の頭を打とうとしているようだ。

柄頭で思い切り殴りつけられたら、さすがに無事ではいられまい。

そんな一撃を食らったら、気絶するかもしれない。

ここで気を失ったら最期だろう。

直之進は落ちてくる柄頭に向かって左の手のひらを広げた。ばしっ、という音が耳を打ち、同時に強烈な痛みが手のひらを襲った。

しかし、直之進は顔色一つ変えなかった。こんなところで痛いなどといっていられない。実際、痛みは一瞬に過ぎなかった。

かまわず左手に力を込めた直之進は男の刀を奪おうと試みた。

だが、男がまたも脇差を使ってきたことで、それは断念せざるを得なかった。

直之進は右手で相手の左手首をつかみ脇差を押し返そうとしたが、残念ながら男とは力の差がありすぎた。徐々にではあるが、脇差の切っ先が直之進の体に近づいてくる。

あとほんの数瞬で、直之進のみぞおちに達しそうだ。

もし刃が肉に食い込んだら、そこで心が折れ、力尽きそうな気がする。

いや、しぶとさが売りの俺に、そのようなことがあるはずがない。

しかし、このまま力比べを続けるのはまずい、と直之進は思った。勝ち目がない。

本当に殺られてしまいかねぬ。

ならば、手立ては一つだ。

意を決した直之進は力士の引き落としのように、後ろにさっと下がった。

つっかえを外された男は、わずかにつんのめった。

それを逃さず直之進は自らの左肩をねじりざま、右の肘を突き上げていった。

がつっ、と肘に強い衝撃がやってきた。直之進の肘は男の顎《あご》をまともに捉えたのだ。

男の体が、がくん、と上下に揺れた。首もぐらぐらと動いている。両膝も笑っている。

顎を打たれて男の目はうつろになり、今この瞬間、直之進の姿は映り込んでいないように感じられた。

とどめだ。

直之進は、さらに右手の拳を男の顔に見舞おうとした。

狙いは再度、男の顎である。

今度は立っていられまい。男は地面に崩れ落ちるだろう。

だが、直之進が繰り出した拳は空を切った。

我に返ったらしい男が素早く反応し、直之進の拳をかわしてみせたのだ。

——なんと。

直之進は目をみはるしかなかった。気を失いかけているのに、まさか男がよけるとは思いもしなかった。

顎をやられて体が思い通りに利《き》かないときに、これだけの動きがまだできる。

この男の強靭《きょうじん》さには舌を巻くしかない。

直之進を必ず屠るのだ、という男の強い気持ちが伝わってきた。

俺はこの男にいったいなにをしたのか。まこと会ったことはないのか。

そんな思いが直之進の頭をかすめた。

それでも今は絶好機である。これを逃がしたら、男を捕らえることはできない。

捕まえることが、とにかく先だ。その上で、なにゆえ俺を襲ったのか、吐かせなければならぬ。

この男は、やはり俺になんらかの怨みを抱いているのか。

それとも背後に黒幕がおり、その者に命じられての所行《しょぎょう》なのか。

直之進は、まだしっかりと男の手に握られている刀と脇差に注意を払いつつ、男の襟首《えりくび》をつかもうとした。

投げを打ち、男を地面に叩きつけるつもりだった。

その刹那《せつな》、男の覆面の中の両眼が力を帯び、直之進をしっかと見た。

くっ、と悔しげに音をさせて奥歯を嚙み締めたらしい男が、いきなり体をひるがえした。

よもやここで男が逃走を図るとは、直之進は一片たりとも考えていなかった。

男はふらつきながらも駆けていく。すでに直之進とは三間ほどの隔たりができていた。

歯噛みしつつ直之進は男を追いはじめた。三日ものあいだ家の中に閉じこもりきりだったせいで、勝負勘が鈍ったのかもしれない。

この三日、手入れはしたものの、一度も刀を振ることはなかったのだ。やはり鍛錬《たんれん》を怠ってはならぬ。

男が低木の茂みを抜け、突き当たりの塀を目指していく。

直之進の視野の中で、味噌醤油蔵が大きさを増していく。

あと二間ばかりで塀に到達するというところまで来て、ぬかるみに足を取られたのか、不意に男が横転した。

泥がはね上がった。

——天が与えてくれた好機だ。

確信した直之進は、一気に男との距離を詰めた。

男は刀と脇差を手にしたまま、ぬかるみの泥をかき、もがいている。

なんとか上体を起き上がらせたものの、まだしゃがみ込んだままだ。

直之進の目に、泥のたっぷりとついた背中が見えている。

体を反転させて泥で目つぶしを打ってくるかもしれぬ。

直之進は警戒しつつ男に近づいた。足を滑らせないように心を配って、男の背中に躍りかかろうとした。

男から泥の目つぶしは飛んでこない。だが、それに代わって、いきなり男の脇の下から刀が突き出された。

なにがどうしたのか、直之進は解することができなかった。

事態がのみ込めたのは、次の瞬間だった。

男は背中を向けたままひそかに刀を逆手《さかて》に持ち直し、左の脇の下から切っ先を、躍りかかろうとした直之進に向かって突き出したのである。

男がぬかるみに足を取られて倒れ込んだのは、芝居だったか。

まさかしゃがみ込んで背中を見せている姿勢から刀の切っ先が飛び出してくるとは、直之進はまったく考えていなかった。

そういえば、と男の手練《しゅれん》を目の当たりにしつつ、ひらめくように思い出した。

柳生新陰流《やぎゅうしんかげりゅう》に、その手の剣法があったような気がする。

この男は柳生新陰流の遣い手なのか。

直之進は頭の片隅でそんなことを考えていた。切っ先が直之進の体を貫かんと、ぐんと迫ってきた。

自分だけに起きることかもしれないが、危地に陥《おちい》ると、目に映る物の動きがゆっくりになることがある。今もまさにそうだった。

地を蹴った瞬間に直之進は、体をひねることで刀をかわそうとした。男の刀の切っ先は空中にあった直之進の脇腹あたりの着物をかすめたが、なんとかよけられたのではないか、と思った。

実際のところ、直之進は男の刀をかわしきっていた。

——ここでくたばるわけにはいかぬ。

宙を飛びつつ直之進は思った。生への執着心の強さや、あきらめの悪さは、曲者にはおよびもつかなかったのではあるまいか。

男の肩に直之進の両手が届いた。決して離さぬ、との強い決意のもと、直之進はがっちりとつかんだ。爪が立ち、男には痛みが走ったのではあるまいか。

だが、男は素早く立ち上がると、犬のようにぶるぶると体を震わせた。

それだけで直之進の手は、あっさりと男の肩から離れた。

男の着物にべったりとついていた泥のせいで、手が滑ったのである。

今度は直之進の体勢が崩れた。

そこを見逃さず、男がまた刀を振り下ろしてきた。

だが直之進は、後ろに下がって男の斬撃をかろうじてかわすことができた。再び攻勢に出るのではないか、と直之進は思い、すぐさま身構えたが、男はまた背中を見せて走り出した。

裏の塀に飛びつくや、あっさりと乗り越えていく。

直之進は瞠目した。まるで忍びのような身のこなしではないか。一瞬で男は直之進の視野から消えてみせたのだ。

姿が見えなくなったからといって、油断はできない。男が次にどんな手を仕掛けてくるか、わからないのだ。

とうに遠くまで逃げ去ったのかもしれないが、遠ざかっていく足音は聞こえない。

不用意に塀を乗り越えようとする直之進を突き殺そうと、男は塀際でその機をうかがっているのかもしれない。

心気を静めて直之進は、塀の向こう側の気配をまず探った。

こんなことをしている場合ではないぞ。

苛立《いらだ》ちが募《つの》ったが、どんなときでも万全を期さねば気がすまない性格だ。

塀の向こう側に、男のものらしい気配は感じられない。

やつは待ち構えておらぬ。

確信した直之進は跳躍して取りつくや塀をよじ登り、両腕に力を込めた。

塀より高い位置まで顔を上げ、向こう側を見やる。

見渡したが、どこにも男の影はない。

二つの蔵のあいだの路地を、男は逃げていったようだ。

今はもう、秀士館の敷地から出たのではあるまいか。

塀を越えて追いかけたところで、もはや追いつけまい。

逃がしてしまったか。

悔しさがないわけではないが、直之進の中で今は生きていられる喜びのほうが強かった。それほど手強い相手だったのだ。

よく丸腰で追い払えたものだな。

塀から手を離し、直之進は静かに地面に降り立った。

それにしても今のは何者だろうか。

この塀を軽々と乗り越えていくなど、やはり並みの者ではない。

濡縁に向かって歩を進めつつ、あの男が何者なのか、直之進はじっくりと考えてみた。

だが、その答えは出なかった。なにしろ、まったく知らない男なのだ。覆面で顔を隠していたとしても、見知った男だったら、のぞく両眼だけで見抜けるはずだ。

それでも、本当に俺はやつのことを知らぬのか、と直之進は自らに問うてみた。

――知らぬ。

熟慮して出た結論はこれだった。

先ほどの男は、これまで一度も会ったこともなければ見たこともない。それはまちがいない。

それにもかかわらず、俺はやつの怨みを買ったというのか。

いや、そうではなく、やはり他者の依頼で殺しに来たのだろうか。

そのほうが考えやすい。

俺はこれまで多くの者と命のやりとりをしてきた。そして、すべての修羅場を運よく乗り越えてきた。この手で奪った命はどれほどになるものか。

そうである以上、いい死に方はできぬ。

直之進は以前から覚悟を定めている。

これまでこの手にかけてきた者の家人、血縁者が、先ほどの男に湯瀬直之進殺しを依頼したということか。

そうかもしれぬ。

それにしても、と直之進は思った。先ほどのあの男は、いつこの庭に入り込んだのか。

直之進は、庭の片隅に設けられている井戸に近づいていった。

あの男はおそらく、三日のあいだ降り続いた激しい雨に紛れて秀士館の敷地に忍び込み、この庭に侵入したのだろう。

雨が上がれば必ずや直之進の家の雨戸が開くことを信じ、灌木の茂みに身を置いていたにちがいあるまい。

つまりあの男は、と直之進は釣瓶《つるべ》を井戸の中に放り込んで思った。恐ろしいまでに忍耐強いのだ。

直之進に斬りかかってきたときも、声や気合は発しなかった。

どんな場合であろうと熱くなることはなく、常に冷静にことを行うよう心がけている証《あかし》ではないか。

となると、と直之進は考えを進めた。やはり殺しをもっぱらにする者かもしれぬ。

釣瓶を引き上げた直之進は、汲み上げた水で手足を洗った。

不意に雨戸の開く音がし、見ると、濡縁におきくが姿を見せたところだった。

直太郎をおんぶしている。

直太郎は相変わらずよく眠っている様子だ。

「いかがされました」

井戸を使っている直之進に、おきくが声をかけてきた。

腰を伸ばし、直之進は妻に笑みを向けた。

「雨が上がったのがうれしくて、ちとはしゃぎすぎたようだ」

着物に泥のはねがいくつもついており、それを直之進はおきくに示した。

「あなたさま、いったいなにをされたのです」

責める口調でなくおきくがきいてきた。

「なに、新しい技の工夫をしていたのだ」

妻に嘘をつくのは心苦しかったが、ここは仕方あるまい、と直之進は腹を決めた。心配をかけたくない。

直之進は刀を振る真似をしてみせた。

さようでしたか、とおきくがいった。

「いま手ぬぐいをお持ちしますね」

「すまぬ」

うなずいたおきくがくるりと踵《きびす》を返し、家の中に姿を消した。

あの様子では、と直之進は思った。ここでなにが起きたか、まったく気づいておらぬようだな。

直之進は胸をなで下ろした。

嵐を呼ぶ男だと、おきくは直之進のことを評したことがある。

これまで直之進が数え切れないほどの命の危機をくぐり抜けてきたことはよく知っており、これからも続くであろうと覚悟しているはずだ。

それでも直之進としては、できることならおきくに心配はかけたくない。気苦労は心の病を呼び込むだろう。

心の病が、体の病を引き起こすこともあるのではないか。

おきくがなにも知らずにいられるのなら、それに越したことはない。

直之進はそんなことを思った。

しかし、この穴のことをおきくになんといいわけすべきか。

自分の着物を見つめて、直之進は顔をしかめた。

みぞおちの近くに、先ほどの男の脇差にやられた穴が開いているのだ。

これは、どうにもいいわけのしようがない。ごまかすことなど、できようはずもない。

おきくなら、この穴が刃物によるものだとすぐに見抜くはずだ。

それにもかかわらず、直之進から一言も知らされなかったら、どのような思いを抱くだろう。

やはり、と直之進は考え直した。先ほど起きたことは、すべておきくに話すとしよう。

なんでも知っておいたほうが、おきくも気構えができるかもしれぬ。

夫婦のあいだで秘密を持ってよいことなど一つもない。

おきくが手ぬぐいを手に濡縁に立ち、直之進にほほえみかける。

輝くような笑顔を目の当たりにした直之進は濡れた手を払い、おきくに近づいていった。

二

大気は蒸し蒸しし、じっとしているだけで汗ばんでくる。

足早に歩いている今、着物はべったりと体に貼りついてくる。

これではまるで、と頭上を見上げて倉田佐之助《くらたさのすけ》は思った。撫養知之丞が跳梁《ちょうりょう》跋扈《ばっこ》し、この世を意のままに操ろうと画策していた頃と、なんら変わらぬではないか。

撫養は、すでに獄門に処されたと聞いている。もうこの世にはいない。まさに即断即決だった。

にもかかわらず、またしてもこんなにうっとうしい天気に見舞われるとは、撫養の祟《たた》りだろうか。

三日ぶりに雨が上がり、晴れ間がのぞいたばかりの頃はさわやかで、過ごしやすかった。

この涼しさなら、稽古の再開を待っている門人らが大勢秀士館に集っていると思い、佐之助は千勢《ちせ》とお咲希《さき》の見送りを受けて音羽町《おとわちょう》の家を出てきたのだ。

だが、涼しかったのは束《つか》の間《ま》でしかなかった。時を追うごとに、太陽は獰猛《どうもう》さを増してきたのである。

かなり傾いてはいるものの、今も焼けつくような熱を大地に送ってきている。行く手には陽炎《かげろう》が揺れ、逃《に》げ水《みず》が見えている。

この暑さでも風があれば、少しは過ごしやすくなるのだろうが、大気はそよとも動かない。まるでとろみのような蒸し暑さが、江戸の町を覆っている。

どうやってもぬぐいきれない暑さに、気持ちが苛立ってくる。

こんなふうにいらいらしてしまうのは、と佐之助は考えた。撫養知之丞のことが脳裏によみがえるためなのか。

撫養という男は、人を自在に操る術をおのがものとし、その術を使って公儀の転覆を企てた。

撫養自身は世直しのつもりでいたらしいが、平和な暮らしを送っている世間の者たちにとって迷惑千万な男でしかなかった。

佐之助は湯瀬直之進と力を合わせて撫養を引っ捕らえ、町奉行所送りにした。

だがその晩、撫養は町奉行所の牢を抜け出し、直之進の命を狙ったのだ。撫養はおきくにも術をかけて操り、直之進を殺そうとした。

結局のところ、撫養の企てはもろくも潰えた。直之進は撫養を返り討ちの形で捕らえ、富士太郎に引き渡したのだ。撫養は町奉行所まで大八車《だいはちぐるま》で運ばれたのである。そして、裁きが下り、獄門に処された。

これで万事解決となったはずなのだ。

にもかかわらず、と佐之助は思った。またもこんな天気になるとは、いったいどういうことか。

まさか撫養が死んでおらぬなどということはないだろうか。

それはない、と佐之助は断じた。撫養が斬罪に処されたところを、富士太郎がじかに確かめたというのだ。

富士太郎の目に誤りはあるまい。南町奉行所において最も腕利きの定廻りなのだ。

佐之助の愛刀は撫養に叩き折られて使い物にならなくなっていた。いま佐之助の腰にあるのは、鎌幸《れんこう》の命で刀工の貞柳斎《ていりゆうさい》が届けてくれたものだ。さすが貞柳斎が鍛刀したことはあり、見事な出来としかいいようがない。刀の鍔《つば》に左手の親指を置き、佐之助は秀士館を目指して歩き続けた。

名刀三人田《さんにんだ》を手に撫養と戦ったときのことが思い出される。

三人田は素晴らしかったな、と佐之助は懐かしかった。撫養との戦いの際、直之進が貸してくれたのだ。

あれだけの名刀を振るえたことは、一生の誇りになるのではないか。

すでに直之進からは、三人田は持ち主である鎌幸に返したと聞いている。

三人田は双子の太刀で、それぞれ正義と邪悪を司っていた。

いま正邪二振りの三人田は、鎌幸のもとにある。兄弟のように仲がよい二振りということだ。再び巡り合えたことに、きっと喜んでいるにちがいあるまい。

正邪二振りの三人田が同時に鞘《さや》から抜かれると、大変なことが起きるといういわれがある。大変なこととは天変地異の類だろうが、撫養もそれを狙い、二振りの三人田を手段を選ばず手中にしようとしていた。

しかし、その目論見《もくろみ》を佐之助は直之進とともに打ち砕いたのである。なんとも爽快としかいいようがない。

三人田や直之進のことを思い出したら、気持ちが和《なご》んだ。

佐之助は顎を上げ、前を向いた。今さら天気のことで、どうこう文句をいってもう仕方がない。

もう撫養はこの世にいないのだ。呪いなど、あってたまるものか。

今は夏だ。うだるような暑さは毎年繰り返すではないか。

夏が涼しかったら、そのほうが困ってしまう。米や作物の収穫に影響が出る。夏は暑いほうが実りの秋を迎えられるというものだろう。

季節は当たり前に巡ってくれたほうが、よいに決まっているのだ。

そんなことを考えながら、佐之助は歩き続けた。不思議なもので、気持ちの持ちようを変えると、陽射しの強さに変わりはないのに、あまり暑さは感じなくなった。

同時に、汗も出なくなっている。やはり、汗は気持ちで抑えられるものなのだ。

道は日暮里に入った。すでに秀士館の建物が視野に入ってきている。

さらに足早に歩いた佐之助は、秀士館の門前に立った。

出がけに千勢が渡してくれた手ぬぐいで、顔や首筋を拭《ふ》く。

汗はほとんど引いているとはいっても、汗臭さは残っているだろう。これから会う者に礼を失しないようにするのは、人として当然のことである。

汗を拭いた手ぬぐいを丁寧《ていねい》にたたんで、懐に落とし込む。しばらくその場にたたずみ、佐之助は秀士館の敷地内を見渡した。

人けはほとんど感じられない。いま刻限は七つ頃だろう。日はかなり傾いている。

門人たちは、今日は午後の稽古はないものと判断しているのか。それとも、大左衛門からすでに、明日から本格的に再開すると聞いているのか。

とにかく道場に行ってみるとするか。

決意して佐之助は、あまり立派とはいえない冠木門《かぶきもん》をくぐった。むう、とうなり、数歩行ったところで立ち止まる。

冠木門のそばに質素な番小屋が建てられ、そこに詰めている年老いた門番が佐之助を認めて外に出てきた。

岩三《いわぞう》といい、小柄な体つきだ。丁重《ていちょう》に挨拶《あいさつ》してくる。

佐之助は軽く頭を下げたものの、体はかたくなったままだ。

「倉田さま、雨が上がったのはよいものの、なんともひどい暑さになりましたな」

しわ深い顔をした岩三が、のんびりと語りかけてきた。

「まったくだ」

岩三を見やった佐之助は重い口調で答えた。

「倉田さま、どうかされましたか」

佐之助の様子がおかしいことに気づいたらしく、案じ顔で岩三がきいてきた。

佐之助は岩三に、おぬし、なにかいやな気配を覚えておらぬか、とたずねようとして思いとどまった。岩三はなにか感じている顔ではない。

「いや、なんでもないのだ」

佐之助は咳払いした。心を乱し、胸中をざわつかせる気配が敷地内に漂っている。

これはなんだ。

岩三から目を離し、佐之助は考えてみた。

心を波立たせるこの気配は、激しい戦いがなされたゆえではないか。

まちがいあるまい。その気が余韻のように、今も敷地内に残っているのだろう。

しかもその戦いは、と佐之助は考えを進めた。真剣で行われたにちがいあるまい。決して竹刀《しない》や木刀でのものではない。

どうやら真剣での戦いは、とうに終わりを告げているようだ。だが、いったい誰が剣をまじえたというのか。

決まっておる、と佐之助はすぐさま断じた。

——秀士館に、そのような者は一人しかおらぬ。

直之進の身になにかあったのだ。誰かに襲われたのではないか。

ふと、子供の歓声が耳に届く。

どうやら近所の男の子たちが、秀士館の敷地内に入り込んで遊んでいるようだ。

甲高《かんだか》いいくつもの声は、敷地の丑寅《うしとら》（北東）の方角から聞こえてくる。

「ちときくが、この敷地内でなにか異変めいたものが起きなかったか」

声の先をにこやかに見ている岩三に、佐之助はたずねた。

しわ深い顔にさらにしわを寄せて、岩三が驚きの表情を見せる。

「異変でございますか」

「うむ、そうだ。なにか妙なことが起きてはおらぬか」

「いえ、これといって聞いておりませんが」

その答えを聞いて佐之助は少し考えた。

「おぬし、今日、湯瀬を見ておらぬか」

「湯瀬さまでございますか。——ああ、そういえば、先ほど佐賀さまのお住まいのほうへ行かれたのを、お見かけいたしましたよ」

「いつのことだ」

「つい先ほどでございますよ」

つまり、と佐之助は思った。湯瀬は無事ということなのだ。

仮に腕利きの者と真剣でやり合ったにしても、あの男がたやすくやられるはずがない。とは思うものの、やはり万が一は十分に考えられるのだ。

——無事ならよい。

佐之助は胸をなで下ろした。

「湯瀬は、佐賀どのに会いに行ったのであろうか」

「はい、そうではないでしょうか」

直之進はおのが身に起きた出来事を、大左衛門に知らせに行ったのだろう。

「湯瀬は一人で歩いていたのか。誰か一緒ということはないか」

「はい、お一人でございましたよ」

ということは、と佐之助は思った。湯瀬は襲ってきた者を捕らえてはいないことになる。

そうか、と佐之助はいった。

いったい直之進は、なにゆえ秀士館の敷地内で剣をまじえる羽目になったのか。しかもそれは騒ぎになることなく、隠密裏に行われたようだ。

――襲われた理由はわからぬが、とにかく湯瀬が凄腕の者の襲撃を受けたのは、まちがいあるまい。

直之進が捕らえることのできなかった賊が、並大抵の腕前であるわけがない。

――それにしても、あやつ、またしても襲われたか。

直之進の無事がわかった今、佐之助は苦笑したい気分だ。

どういう星の下に生まれたものか、直之進はなにもないところに波乱を巻き起こす男なのだ。

――やつはまた、撫養のごとき妙な者と関わりを持ったのかもしれぬ。

むろん、嵐を呼ぶような真似は本人も望んでおらぬのだろうが、どういうわけか、あの男は尋常でない事件に至極あっさりと巻き込まれるのだ。

あの男の妻は、と佐之助は思った。気持ちが休まる暇《いとま》があるまい。

おきくは実によくやっている。なにしろ湯瀬とのあいだに子をなし、懸命に育てているのだから。

おきくという女は華奢《きゃしゃ》で、たおやかだ。そのあたりが湯瀬の好みなのだろうが、存外に図太い神経を持っているのかもしれぬ。そうでないと、なにも知らぬような顔で笑っていられるはずがない。

大したものだぞ、と佐之助は心の底からおきくを褒《ほ》めてやりたくなる。

どれ、湯瀬の様子を見に行ってみるとしようか。

佐之助は心に決めた。

直之進は、まだ大左衛門のところにいるのだろうか。岩三が先ほど姿を見たというのなら、そういうことではないか。

そのとき男の子たちの声が、いきなりひときわ高いものになった。

それを耳にして、歩き出そうとしていた佐之助は足を止め、声のする方角に目をやった。男の子たちは、なにかに驚いたような声を出している。

遊んでいる時の楽しげな声とは思えない。かといって喧嘩をしているようにも思えない。

「なにやらずいぶんと騒いでおりますね」

佐之助の眼差しの先に顔を向け、岩三が首をかしげた。

「なにやら、いつもの様子とはちがいますなあ。なにかあったのでしょうか」

「かもしれぬ」

同意した佐之助は、男の子たちの声のする方角をじっと眺めた。

秀士館内の敷地に建ついくつもの建物に邪魔されているが、男の子たちの声がしているあたりには古びた祠《ほこら》がある。何本もの杉の大木に囲まれるように祠は鎮座している。

男の子たちは、その祠近くで遊んでいるのだろう。どういうわけか、子供というのは神社や寺などが大好きなのだ。

これまで一度も足を運んだことはないが、その祠は戦国の昔にできたものと佐之助は聞いている。

祀《まつ》られているのは、当時このあたりを支配していた一族の姫ということだ。名を喜与姫《きよひめ》というらしいが、この秀士館の建てられた地に、なにゆえ姫が祀られるようになったのか。

委細は知らないが、喜与姫が若くして死んだという話だけは耳にしている。

この地の守り神のようなものだろうか。それとも、不幸な死に方をし、祟りを恐れた者が祠を建てて祀ったのか。

――まさか喜与姫の幽霊でもあらわれたのではなかろうな。

気にかかったが、今は湯瀬のことが案じられる。やはり無事な顔を目にしたい。

佐之助は、大左衛門の暮らす建物へと足を向け、歩きはじめた。

だが、ほんの三間も行かないところで、立ち止まることになった。

「お侍、た、たいへんだ——」

半町ほど先にある講堂の陰から飛び出してきた男の子が、大声を張り上げる。

厳しい陽射しの中、こちらに走ってくる男の子を佐之助は見つめた。喜与姫の祠のほうで遊んでいた男の子の一人だろう。

男の子は必死に駆けてくる。

その背後から五人の男の子がわらわらとあらわれた。いずれも十前後と思える歳の頃だが、全員が同じように血相を変えていた。なにかに追われるかのように、必死に足を動かしてこちらに走ってくる。

先頭を駆けていた男の子が佐之助の前まで来て、足を止めた。胸板が厚く、いずれ力士になれるのではないかと思えるほど立派な体格をしている。

「なにかあったのか」

佐之助はすぐさまきいた。

がっしりとした体格の男の子は、ぜえぜえと荒い息を吐いている。顔を真っ赤にしているのは息切れのせいばかりではなく、興奮をあらわにしているからではないか。すぐに話し出したい様子ではあるものの、うまく声が出ないようだ。

「水を飲むか」

振り返った佐之助は、岩三に水をくれるように頼んだ。承知いたしました、とうなずいて番小屋に入った岩三が、古びた湯飲みを手にすぐに戻ってきた。

その間に、遅れて五人の男の子も佐之助のそばにやってきた。

「ほら、飲みな」

岩三から湯飲みを受け取った男の子はがぶがぶと飲んだが、横に立ったほっそりとした男の子に湯飲みを回した。その男の子が一気に湯飲みを干す。

「ふうっ」

ほっとしたような声に気をよくしたか、岩三が笑顔になった。

「どれ、もっと持ってきてあげよう」

湯飲みを手にした岩三が番小屋に姿を消す。

「少しは落ち着いたか」

目の高さを合わせて佐之助は、体格のよい男の子にきいた。

「うん、ありがとう」

「それでなにがあったというのだ」

改めて佐之助はたずねた。そのとき、盆の上に四つの湯飲みをのせて岩三が戻ってきた。

「ほら、飲みな」

すべての男の子に湯飲みが回る。誰もがうれしげに水を口に含んでいく。

体格のよい男の子が佐之助をじっと見ている。日光をはじく水面のように、目がきらきらと輝いていた。

真剣な面持ちで佐之助は見返した。ごくりと唾を飲んで男の子が告げた。

「木乃伊《ミイラ》が出てきたんだよ」

驚いたでしょう、といいたげな顔だ。えっ、と岩三が声を発し、男の子をまじまじと見る。

「木乃伊だと」

いいざま佐之助は、眉間《みけん》にしわが寄ったのを感じた。目の前の男の子は、嘘はついていない。それは確信している。

「生き仏というやつか」

「そうだよ。生きているようには全然見えないけど」

「その木乃伊はどこから出た。喜与姫の祠のところか」

佐之助は男の子にたずねた。

「そうだよ」

息を弾ませて男の子が答えた。

「あれはきっと喜与姫さまの木乃伊だよ」

「本当に木乃伊なのか。ただの死骸ということはないのか」

そうではないだろうな、と思いつつも佐之助は念のためにきいた。年端《としは》のいかない男の子といっても、木乃伊か木乃伊でないか、そのくらいの判別はつくだろう。

案の定、ううん、と男の子が大きく首を振った。

「あれは木乃伊だよ。だって、布ですっぽりとくるまれているもの。おいら、こう見えても書物が大好きなんだ。前に読んだ書物に書いてあった木乃伊と同じだよ」

木乃伊が載っている書物か、と佐之助は思った。子供の好奇の心は大したものだな、と改めて感じた。

それに、とそばに立つほっそりとした男の子が熱心な口調でいい添える。

「くるんであった布はもうぼろぼろで、すごく古く思えるんだ」

その言葉にうなずいた体格のよい男の子が顔を赤くして続ける。

「それなのに、においは大したことがないんだよ。木乃伊はあまりにおわないって、書物に書いてあったんだよ。だから、あれはまちがいなく木乃伊だよ」

木乃伊とはひどいにおいを放たないものなのか、佐之助は思った。

「よし、案内してくれ」

佐之助は男の子たちにいった。木乃伊だろうが、誰かの死骸だろうが、どのみちこのまま放っておくわけにはいかない。

「岩三、佐賀どのに喜与姫の祠で木乃伊が出たらしいと伝えてくれぬか」

佐之助が木乃伊といったのは、男の子たちの体面を考えてのことだ。

木乃伊のことが大左衛門に伝われば、きっと直之進もやってくるだろう。そのときになにが起きたのか、きけばよい。

「それから、町奉行所にも知らせてくれるようにいってくれ」

死骸が出たのなら、それが木乃伊だとしても、富士太郎に来てもらわなければならない。富士太郎は日暮里も縄張としている。

「承知いたしました」

頭を下げた岩三がすぐに走りだそうとする。それを佐之助は呼び止めた。

「雄哲《ゆうてつ》どのにも、来てくれるようにいってくれぬか」

富士太郎は町奉行所の検死医師を連れてくるだろうが、その前に佐之助として
は雄哲に一応の検死をしてほしいと思っている。雄哲は、前の老中首座の水野伊《みずのい》
豆守《ずのかみ》忠豊《ただとよ》の御典医筆頭だったが、今は引退し、秀士館の医局方の教授をつとめ
ている。

「ああ、先生ですね。この前、手前の風邪《かぜ》を診てくださいましたよ」

「それはよかった。治りが早かっただろう」

「はい、おっしゃる通りで」

うれしそうに一礼した岩三が走り去っていった。

それを見送った佐之助は、六人の男の子と連れ立って祠に向かった。

祠が見えてきた。そのまわりを天に向かってそそり立つ杉の大木が囲んでい
た。

「こっちだよ」

佐之助は祠の背後に連れていかれた。

祠の周囲は、五間四方にわたって半丈ほどの高さに盛り土されている。

その盛り土が、この三日のあいだ激しく降り続いた雨のせいだろう、二間ばかりの幅で崩れていた。祠自体も、少し傾いているように見える。

——こいつが木乃伊か。

足を止めた佐之助はしげしげと見た。

盛り土が崩れた場所に、土色に染まった布にくるまれた長細い物が地面に滑り落ちるようにして横たわっていた。布はぼろぼろになっているが、明らかに人の形をしていた。

「ね、木乃伊でしょ」

体格のよい男の子が自慢げに胸を張る。

「おいらたちが祠のそばで遊んでいたら、急に土が崩れたんだよ。そうしたら、木乃伊が出てきたんだ」

興奮をあらわに体格のよい男の子がいった。

「盛り土が崩れて、怪我はなかったか」

「うん、おかげさまでね」

男の子が大人びた答え方をした。

「ねえ、このあたりが顔だよね」

ほっそりとした男の子が木乃伊を指さす。木乃伊を恐れるふうはまるでない。

「うむ、そのようだ」

首のあたりには特に布が厚く巻かれているようで、あまりぼろぼろにはなっていない。少しだけ生臭さが漂っているような気はするが、ひどいにおいではない。

「ねっ、これはやっぱり木乃伊でしょ」

小柄な男の子が前に出てきて、佐之助に確かめるようにいう。

「うむ、そうかもしれぬ」

これが木乃伊かどうかは別にして、と佐之助は思った。遠い昔、この遺骸がこの地に丁重に葬られたのは疑いようがないだろう。

顔は見えないが、ぼろぼろになっている布のあいだから、黒髪らしいものがのぞいているのがわかった。

この仏は女なのか、と佐之助は思った。体格のよい男の子がいうように、やはり喜与姫だろうか。

――おぬしは誰なのだ。まことに喜与姫なのか。

心中で語りかけた佐之助は、遺骸をさらに見つめた。

これで死んでから、どのくらいたっているのか。

もし喜与姫だとしたら、二百五十年以上ということになろう。

もしかしたら俺は今、と佐之助は思った。戦国の昔に生きていた者の遺骸を目の当たりにしているかもしれぬのか。

なぜか郷愁を駆り立てられるような思いに包まれた。

――俺は、前世は戦国を生きていたのかもしれぬ。喜与姫のことを知っていたということはあり得ぬのか。

空想の翼を羽ばたかせているのは、楽しいものだった。

「どうしたの、お侍」

横から体格のよい男の子の声がし、佐之助は空想を打ち切ってそちらを見た。

「急に黙り込んじゃって」

「いや、なんでもない。ちと考え事をしていた」

今ここで思案したところで、はっきりすることなど一つもない。

とにかく今は、と佐之助は思った。雄哲の調べを待つべきだろう。名医の手にかかれば、いろいろと判明するのではないか。

「おう、そちらでござったか」

張りのある声を上げて姿を見せたのは、秀士館の館長の佐賀大左衛門である。腰も軽く、さっそくやってきてくれたのだ。

その後ろに直之進と雄哲が一緒にいる。

佐之助は直之進に目礼した。直之進も会釈を返してきた。

その様子を見る限りでは、怪我を負ってはいないようだ。顔もこわばっておらず、いつもの平静な表情を保っている。まるでなにも起きていないかのように見える。

――だが、確実に湯瀬の身に変事は起きたのだ。俺の勘ちがいということはあるまい。やつはその手のことに慣れているだけだろう。

「倉田どの、こちらで木乃伊が見つかったとのことだが」

佐之助のすぐそばに立った大左衛門が、真顔できいてきた。

「それがそうかな」

大左衛門が布でくるまれた物を、控えめに指さす。

「そのようだ。この子らが見つけ出した」

そこにずらりと立ち並ぶ六人の男の子を、佐之助は手のひらで示した。男の子たちが誇らしげに笑う。

「どれ、さっそく見せてもらおうか」

薬箱を手にした雄哲が申し出、遺骸に近寄った。片膝をつき、顔を近づける。

「うむ、これは紛れもなく葬られたものだな」

確信のある口調で雄哲がいった。

「くるんである布をはげば、死因がわかるかもしれぬが、そこまでやる必要があるとは思えんの。亡くなってから、すでに百年以上はたっておるようだ」

やはりとんでもなく古い遺骸なのだな、と佐之助は思った。

大左衛門も直之進も、百年以上も前の遺骸と聞いて、驚きを隠せずにいる。

六人の男の子は、当たり前だよといわんばかりにうなずき合っている。

遺骸をじっと見て雄哲が続ける。

「仮にこの仏が殺されたのだとしても、下手人《げしゅにん》もとっくの昔にあの世に逝《い》っておるであろう」

「雄哲どの、その遺骸は男か」

大左衛門がきく。いや、と雄哲がかぶりを振った。

「どうやら女のようだ。髪の毛が長いし、男にしては、ちと華奢すぎるように見える。若い女ではないかな」

むう、と大左衛門がうめいた。

「だとしたら、この仏は伝承にある喜与姫かもしれぬの」

それほど前の遺骸が、こんなにきれいに保たれている。なんと不思議なことだろう、と佐之助の胸を感動が包み込んだ。

雄哲が再び口を開く。

「南蛮の木乃伊は船で我が国に運ばれ、薬に用いられておるが、これはその手の物とはちがうようだ。この地に丁重に葬られたものが、自然と木乃伊と化したものではないか」

言葉を切り、雄哲が立ち上がる。腰をとんとんと叩き、ふう、と息をついた。

「陸奥平泉《みちのくひらいずみ》の中尊寺《ちゅうそんじ》という寺には、あのあたりの領主だった藤原家の歴代当主の木乃伊が安置されていると聞く。それは、実にきれいな遺骸だというでな。もしやすると、この遺骸も中尊寺と同じような物かもしれぬな」

佐之助は、中尊寺という寺が陸奥にあるのは知っている。平安の昔、陸奥で栄華を極めた藤原家の菩提寺《ぼだいじ》である。

藤原家は、源頼朝に逐《お》われた義経をかくまったことで知られている。結局、藤原家は頼朝の軍勢に滅ぼされたが、その藤原家歴代当主の木乃伊が、中尊寺に残されているとは初めて耳にした。

「中尊寺に行けば、木乃伊は見ることができるのか」

佐之助は雄哲にたずねた。

「それについてはよく知らぬが、遺骸は棺《ひつぎ》に入れられて安置されているという話を聞いたことがあるから、あるいは見ることができるかもしれぬな。ちなみに、いま中尊寺を庇護《ひご》しておるのは仙台の伊達《だて》家だ」

「そうか。伊達家か」

六十二万石もの石高を誇る大大名である。

倉田どのは、と雄哲が呼びかけてきた。

「伊達家に近しい知り合いはおらぬか。その者に頼めば、見せてもらえるかもしれぬぞ」

佐之助は苦笑いをした。

「残念ながら、伊達家にそのような者はおらぬ」

「そうか、それは惜しいことよ」

「仮に、俺の知り合いに伊達家に近しい者がおり、中尊寺の木乃伊を見る許しが得られたとしても、平泉まではなかなか行けぬ」

「それもそうだな。平泉は恐ろしく遠いものな。江戸から百十里はあるはずだ」

なにそんなものなのか、と佐之助は思った。

「ならば、京よりも近いではないか」

「ああ、確かにそうだな。京までは、百二十里くらいだったか。倉田どの、百十里とわかって平泉に行く気になったか」

「行きたいが、やはり行けぬな」

「そうだな、おぬしには大事な妻子がおるゆえ。——それで佐賀どの、この遺骸をどうする」

大左衛門に顔を向け、雄哲がたずねる。

顎に手を当てて大左衛門が考え込んだ。

「すべては樺山どのがいらっしゃるのを待ってから、ということになろう。樺山どのは検死医師も連れてくるはず。我らは、樺山どのたちの指示通りにするしかないであろうな」

その通りだ、と佐之助は思った。

「実はな、倉田どの」

穏やかな口調で大左衛門が語りかけてきた。眼差しは木乃伊に注がれている。

「わしは、この仏をここに再び埋め直すのは、どうにもかわいそうな気がしてならぬ。喜与姫かもしれぬ遺骸がこうして出てきたのは、この地にいるのに飽いたから、という気がせぬでもない」

「うむ、そういうものかもしれぬ」

佐之助に、大左衛門の意見に反対する気はない。この世に不思議なことはいくらでもある。二百五十年以上も埋まっていれば、いくら丁重に葬られたといっても、ここにいるのに飽きてもおかしくはない。

「ここに埋め戻さぬとして、佐賀どのはこの仏をどうなさる気か」

大左衛門をじっと見て佐之助はきいた。うむ、と大左衛門が顎を引く。

「戦国の昔、もともとこの地は善性寺《ぜんしょうじ》の寺域だったそうだ。ゆえに、この仏は善性寺の墓地に埋葬してあげるのが最もよい手立てのように思える。それが一番の供養になるのではないかな」

善性寺とは、秀士館とは目と鼻の先にある日蓮宗の寺である。六代将軍家宣の生母長昌院《ちょうしょういん》が葬られていることで知られ、公儀の手厚い庇護を受けている。

「幸いにもわしは、善性寺のご住職とは懇意にさせてもらっておる。頼めば、きっと丁重に葬ってくれよう」

「うむ、大勢の者が葬られている墓地なら、この仏も寂しくなかろう。喜んでくれるかもしれぬ」

それにしても、と佐之助は思い、秀士館の広大な敷地を見回した。

「ここはもともとは善性寺の寺域だったのか」

佐之助のつぶやきを受けて、大左衛門が深くうなずく。

「江戸に幕府が開かれた頃、どういう理由があったのか知らぬが、善性寺はこの地を手放したようだ。そののち、ここには旗本の下屋敷が建てられていたらしい」

「ほう、旗本の下屋敷が。そうだったのか」

佐之助は意外な思いにとらわれた。日暮里あたりには、武家の下屋敷の類はいくらでもある。しかし、ここもそうだったとは思いもしなかった。

「その下屋敷はどうしたのだ」

「火事で焼けてしまったそうだ」

「火事で……。それはまた気の毒に。いつのことだ」

「さして昔のことではない。五年ほど前のことではないかな」

「ほう、けっこう近いな。ここに下屋敷を持っていたのは、なんという旗本だ」

「そこまではわしも知らぬのでな」

ここは、と佐之助は見渡して思った。わけありの地なのだな。それゆえ、大左衛門は格安でこの地所を手に入れることができたということか。

大左衛門が雄哲となにやら話しはじめた。

佐之助は、大左衛門の背後に立っている直之進を見やった。

「湯瀬――」

声をかける。

「なにかな」

佐之助をまっすぐに見て、直之進が足を踏み出してきた。すぐそばまで寄ってきた。

「湯瀬、なにがあった」

前置きすることなく、佐之助は問うた。直之進は、なんのことだ、と戸惑うような顔になった。

「湯瀬、おぬし、襲われたのだろう」

直之進が、むっ、と眉根を寄せ、佐之助をじっと見た。

「倉田、ちと来てくれぬか」

他聞《たぶん》を憚《はばか》るというほどでもないのだろうが、雄哲や男の子たちには、やはり聞かせたくないようだ。

直之進が祠を回り込むようにして歩いた。佐之助はそのあとをついていった。

木乃伊が出た場所とは正反対のところで直之進が足を止めた。くるりと体を返し、佐之助と相対する。

「倉田、俺が襲われたことをなにゆえ知っているのだ」

押し殺した声でただしてきた。

「知っておるわけではない」

直之進を見返し、佐之助はかぶりを振った。

「そうではないかと思っただけだ」

「なにゆえそう思った」

「長雨がようやく上がり、久しぶりに秀士館にやってきたら、俺は戦いの残り香のような気を感じ取ったのだ。そのような気が残るほどの激しい戦いができるのは、嵐を呼ぶといわれる湯瀬直之進以外、考えられぬではないか」

「なるほど、そういうことか」

口元をぎゅっと引き締め、納得したように直之進がうなずいた。

「湯瀬、誰に襲われた」

佐之助は間髪容れずきいた。

「それがわからぬ」

奥歯を嚙み締め、直之進が途方に暮れたように答えた。

「刺客は覆面をしていた。体つきにも見覚えはなかった」

「では湯瀬、なにゆえ襲われたかも、わからぬのだな」

「その通りだ」

悔しげな顔つきで直之進が点頭《てんとう》する。

「まこと、俺にはわけがわからぬのだ。襲われるような覚えはない」

この男のことだから、と佐之助は直之進を見て思った。熟慮したのちに出した結論であろう。

「多分、誰かの怨みを買ったのだろうと思うが、それも正直よくわからぬ」

撫養の手下の生き残りか、と佐之助は考えた。しかし、天下覆滅を狙った撫養知之丞の一件は、とうに収束を告げている。

撫養は獄門に処され、その手下もすべて捕らえられた。直之進に仇《あだ》なす者はいないはずなのだ。

撫養のことは、もちろん直之進も勘案しただろう。

「湯瀬、いつ襲われたのだ」

佐之助は新たな問いを放った。

「長雨が上がった直後だ」

「家にいたところを襲われたのだな」

「俺は三日間、ずっと家に籠もっていた。雨が上がったのを知って雨戸を開けて濡縁に出たら、何者かが庭の茂みにひそんでおってな。捕らえようと庭に飛び降りたのだが、迂闊なことにぬかるみに足を取られてしまった。そこを襲われたのだ」

唇を嚙んで直之進がうつむく。目だけは獣のようにぎらぎらしている。

「ぬかるみに足を取られたくらい、恥じるようなことではあるまい。誰にでもあることだ。俺だって、よく足は滑らせるぞ」

直之進が小さな笑みを漏らした。

「倉田、気をつかわせてすまぬな。おかげで少しは元気が出てきたようだ」

「それは重畳《ちょうじょう》。ところでおぬし、まさか丸腰で刺客に向かっていったのではあるまいな」

ふと気づいて佐之助はきいた。

「ああ、得物はなにも手にしていなかった。それでも刺客を捕らえられると、俺は油断しておったのだ。おのれの腕への過信もあったのだろう」

反省を口にした直之進が、額の汗を手の甲でぬぐった。

直之進の熱が移ってきたかのように、佐之助も首筋を汗が流れたのを感じた。

「刺客の得物は刀か」

「そうだ。かなりの遣い手だった」

「しかし、おぬしはこうして生きておる。丸腰にもかかわらず、刺客を追い払ったのであろう。刺客は、おぬしの敵ではなかったというわけだな」

「いや、そのようなことはない。こちらも生きるのに必死だったということに過ぎぬ。しかも、あの男は大刀しか持っておらぬと見せかけて、背中に脇差を隠し持っていたのだ」

その光景を佐之助は頭に思い描いた。

「刺客は、一本差の浪人の形をしておったのだな。刀の斬撃をくぐり抜けたおぬしが懐に飛び込んでくるように誘い、隠し持っていた脇差を狙い澄まして突き出してきたのか」

「その通りだ」

わずかに顔をゆがめて直之進が答える。その言葉を聞いて佐之助は感嘆した。

「よくよけられたものだ」

「たまたまだ」

「たまたまということはなかろう。やはりおぬしの腕が素晴らしいのだ。腕前において、刺客とは天と地ほどの差があったということだな。もっとも、おぬしの悪運が強いということもあるのだろうが」

「悪運か。そうかもしれぬ」

笑みを浮かべて直之進がうなずいた。

「しかし、その刺客は気になるな」

まじめな顔になって佐之助はいった。

「うむ、気になる」

目に真剣な光をたたえ、直之進が認める。

「なにしろ庭にまで入り込まれたゆえな。おきくや直太郎のことが案じられてならぬ」

「確かに、家に二人だけにするのは怖いな」

「正直にいえば、今も少し怖い」

「もし刺客がこの敷地内に入り込んだとしても、今ならば察することができよう」

「そうかもしれぬが——。倉田、俺はしばらくおきくと直太郎を米田屋《よねだや》に預かってもらおうと思っている」

うむ、といって佐之助は口元を引き締めた。

「刺客を捜し出すまでだな」

「そのつもりだ」

直之進は、かたい決意を感じさせる目をしている。

「命を狙われて、すくんだようにじっとしているわけにはいかぬ。こちらから捜し出し、引っ捕らえてやる。なにゆえ狙ったのか、白状させねばならぬ。もし誰かに頼まれて俺を狙ったのなら、依頼主も突き止めねばならぬ」

瞳にぎらつきは見えるが、直之進の口調は平静で、態度も悠揚迫《ゆうようせま》らぬものを感じさせる。

怒りにまかせて言葉を吐き出しているわけではない。

うむ、と佐之助はうなずいた。

「二人の身は米田屋に移すほうがよかろうな。後顧《こうこ》の憂《うれ》いなく動けるのは、やはり大きいゆえ」

「倉田もそう思うか」

「当たり前だ」

うなずいてから佐之助は、間を置かずに問うた。

「湯瀬、少しは苛立ちが取れたか」

うん、と少し意外そうに直之進が佐之助を見つめる。

「倉田、俺は苛立っていたか」

「いや、そうは見えなんだ。だが、何者かに襲われた以上、気が高ぶっておるのではないか、と俺は思っていた」

「それで、倉田は俺の話を聞いてくれたのか」

そういうことだ、と佐之助はうなずいた。

「人というのは、誰でもよいから話をすれば、落ち着くものだからな」

「確かにな。倉田、かたじけない」

深く頭を下げて直之進が穏やかに笑んだ。すぐに口を開く。

「倉田の気遣いのおかげか、実はあの刺客に関して、一つ思い出したことがある」

「ほう、そいつはなんだ」

興味を引かれ、佐之助はたずねた。

それに応じて、直之進が自分の左手の甲を差し出してみせた。

「刺客のここに、あざがあったのだ。小さな黒いあざだが、確かにあった。戦っている最中はよくわからなかったが、今はっきりと思い出した」

「左手の甲にある黒いあざか。剣術の稽古をしていて、つくったものかもしれぬな」

「一文銭ほどの大きさだった。あの男を追う手がかりとするにはちと心許《こころもと》ない気もするが、なにもないよりはましであろう」

少したぎってきた血を静めるかのように、直之進が軽く息を入れる。

「とりあえず、明日の朝、おきくと直太郎を米田屋に連れていくことにする。探索はそれからだ」

「よし、俺も手伝おう」

間髪容れずに佐之助は申し出た。探索というと、なにしろ心躍るものがあるのだ。

しかしながら、直之進は首を横に振った。

「それはいかぬ。俺のことでおぬしに迷惑はかけられぬ」

「迷惑などであるはずがなかろう」

佐之助は声を張り上げた。

「湯瀬、おぬしはすでに佐賀どのに、明日からの稽古を休む許しをもらったのだな」

「うむ、もらってきた」

直之進が静かに答え、続けた。

「刺客を捕らえずにいては落ち着かぬであろう、と佐賀どのはおっしゃってくれた。倉田には勝手をいって悪いが、俺だけでなくおぬしまで道場からいなくなってしまったら、門人たちがかわいそうだ。師範の川藤仁埜丞《かわとうじんのじょう》どのは熱心に稽古をつけてくださるが、やはり倉田が道場におるのとおらぬのとでは、門人たちの身の入れ方が明らかにちがう」

「そのようなことはあるまいが――」

佐之助は直之進をにらみつけた。

「仕方あるまい。よし、わかった。おぬしの留守は、俺が守っておこう。だが湯瀬、よいか。一刻も早く刺客を見つけ出せ。いつまでも俺一人に秀士館の稽古を押しつけるな」

「押しつけるなどという気はないのだが。うむ、わかった。できるだけ早くあの男を捕らえよう」

固い決意を吐露してみせた直之進は、頭に刺客の姿を思い描いているようだ。

「だが湯瀬、もし手に余るようなことになったら遠慮なく俺にいえ。力を貸そう」

「そのときは素直におぬしに探索を頼むことにする。探索は倉田に任せ、俺が門人たちの稽古をつけよう。おぬしのほうが探索は得手《えて》だからな」

「よくわかっておるではないか。だったら、はなから俺に任せればよいものを。だが、自分のことは自分で始末をつけたいのだな。よし、湯瀬、手にあざのある刺客を見つけられなかったら、俺に必ず任せろ。よいか、約束だぞ」

「うむ、約束だ」

誓い合った佐之助と直之進は連れ立って、木乃伊のところに戻ろうとした。

いつからなのか、そちらから、ざわざわと人声がしてきているのに佐之助は気づいた。なにごとだろう、と思った。直之進もいぶかしそうに歩を進めている。

おっ、と祠を回り込んだ佐之助は我知らず声を放っていた。

どこで噂《うわさ》を聞きつけたのか、近在の者らしい老若男女が木乃伊のそばにおり、押し合いへし合いしていたのだ。三、四十人は優にいるだろう。

秀士館の下働きの者たちや門番の岩三が、木乃伊に近づかないように野次馬《やじうま》たちを一所懸命に押し返している。

「いつの間に……」

さすがに佐之助は驚きを隠せない。直之進も目をみはっている。誰もが木乃伊を見ようと、鵜《う》の目《め》鷹《たか》の目《め》なのだ。

「なんともすごいことになっておるな」

佐之助がいうと、直之進が同意した。

「まったくだ。もう夕刻だというのに、まるで祭りのような賑わいではないか」

「露店が出てもおかしくない賑わいだ。ところで湯瀬――」

熱心に木乃伊をのぞき込もうとしている野次馬を眺めつつ、佐之助は直之進にいった。

「俺はこのところ米田屋に行っておらぬのだが、平川《ひらかわ》の具合はどうだ。もう雄哲先生の手を離れたらしいが」

「うむ、だいぶいいようだ」

佐之助をちらりと見て、直之進が顔をほころばせる。

「琢ノ介《たくすけ》は、さすがに頑丈にできている。もうじき本復《ほんぷく》だろう。あと数日で働きに出られるはずだ」

「ほう、そこまでよくなったか。よかった」

佐之助は胸をなで下ろした。またあやつの元気な顔を見られるのだ。これ以上の喜びがあろうか。

「――遅くなりました」

左手から快活な声が聞こえ、佐之助はそちらに目を向けた。

野次馬をかき分けるようにして、姿を見せたのは南町奉行所定廻《じょうまわ》り同心の樺山富士太郎である。忠実な中間《ちゅうげん》である珠吉《たまきち》を連れている。

思った以上に早いではないか、と佐之助は心中で首をひねった。富士太郎たちがやってくるのには、もっと時がかかると思っていた。

大左衛門からの知らせを受けて急ぎやってきたのだろうが、富士太郎と珠吉に疲れた様子は見えない。

役目柄、毎日、江戸の町を歩き回っているだけのことはあるのだ。

富士太郎の後ろに、十徳《じっとく》を着込んでいる男がいることに佐之助は気づいた。どうやら検死医師のようだ。つるつるにした頭が、傾いた日を弾くように輝いている。

あの検死医師は、と佐之助は見つめて思った。新顔のようだ。佐之助の見知っている福斎《ふくさい》という者ではない。あの新顔の医者は日暮里近くに住んでおり、町奉行所から検死を任せられているのかもしれない。

「ずいぶん早かったな」

直之進が富士太郎に近づき、にこにこと笑いかけた。

直之進の笑顔を見て佐之助は、湯瀬は樺山のことがまことと好ましくてならぬのだな、と思った。

その気持ちはよくわかる。富士太郎は、さわやかで温かな男なのだ。一緒にいると、心がほっこりする。

富士太郎がうれしそうに直之進を見返す。

「それがしどもは見廻りの最中だったのですが、佐賀どのの使いに声をかけられたのがちょうど、この近くだったのですよ」

「そうだったか。しかし、もう夕刻が近い。富士太郎さんたちは番所に戻ろうとしていたのではないのか」

直之進が気遣うようにいった。

「確かにそろそろとは考えていましたが、まだ十分に明るいですからね。これから一働きするのは、なんということもありませんよ」

その言葉を受けて珠吉も胸を張る。

「樺山どの、かたじけない」

富士太郎にいったのは大左衛門である。

「では、さっそく見てくれぬか」

大左衛門が二人をいざない、木乃伊のところに案内する。

「ほう、これがそうですか」

ひざまずき、富士太郎がしげしげと木乃伊を見つめる。その後ろで珠吉も、じっと見据えている。

「観撞《かんどう》先生、いかがですか」

富士太郎が振り返り、珠吉の背後に控えていた検死医師を見やる。

どれどれ、としわがれた声でいって観撞と呼ばれた医師が木乃伊のそばにしゃがみ込んだ。手を触れることなく木乃伊を凝視する。

少しだけ涼しさをはらんだ風が二度ばかり吹き過ぎていったのち、ようやく立ち上がり、富士太郎に目を当てた。

「これは、まあ、ずいぶんと古い仏さんですね。女の人でまちがいないでしょう。これで亡くなってから、どのくらいたっているものでしょうかな。おそらく百年以上はたっているのではないかと思いますね」

「戦国時代に亡くなり、この地に葬られたとの言い伝えがある喜与姫というお方ではないかと思うのだが」

腕組みを解いた大左衛門が観擅に伝えた。

「ほう、戦国の昔ですか」

大左衛門のほうへと体の向きを変えた観擅が納得の顔になる。

「戦国の頃のお方でしたら、二百年以上も前の仏さんということになりますね。ええ、そのくらい、たっているかもしれません。今わかるのは、とんでもなく古い仏であるということだけですが」

「雄哲先生も、少なくとも百年以上はたっているとおっしゃっていた」

観擅が、えっ、と声を漏らした。

「雄哲先生とは、あの、元御典医の雄哲先生ですか。ああ、そういえば、今は秀士館の教授方になっているという噂を耳にしました」

瞳を幼子のように輝かせて観撞がいった。

「噂は本当だったのですね」

どうやら雄哲という男は、と佐之助は観撞を見やって思った。町医者のあいだでは、憧れをもって語られているようだ。

観撞は、役者を眼前にしたかのような、どこかとろけた目つきになっている。

大左衛門が首を縦に動かした。

「さよう。雄哲先生には仏をご覧になっていただいたが、先ほどこの敷地内にある家に引き上げられた」

「そうですか。――来るのが少し遅かったのか。お目にかかりたかったな。いろいろお話をうかがいたかった」

首を振ってつぶやいた観撞が残念そうにうつむく。

「しかし仕方あるまい。きっとそのうち会えよう」

自らにいい聞かせるように口にして、観撞が顔を上げた。富士太郎を見る。

「樺山さま、この仏の死因ははっきりとはわかりませんが、おそらく病死ではないかと思います。わざわざこの布をはぐ必要もないと勘案いたしますが、いかがでしょうか」

「よくわかりました。観撞先生のご判断を尊重させていただきますよ」

富士太郎が力強くうなずく。横の珠吉は明らかに胸をなで下ろしている。布をはぐようなことにならず、よかったと心から思っているのだろう。

「そうであるならば、樺山どの、この仏さんを葬ってもよろしいかな」

富士太郎に相対した大左衛門が願い出るようにいった。

「もちろんです」

富士太郎が笑顔で快諾する。

「かたじけない」

礼をいった大左衛門が横合いを見て、右手を上げた。野次馬のほうを見て、こちらに来るように手招くような仕草をする。

それに応じて、野次馬から少し離れたところにいた五人ばかりの一団が、ぞろぞろとやってきた。

五人のうち一人は若い僧侶である。ほかの四人は作務衣《さむえ》を身につけている。

どうやら、と五人の男を見つめて佐之助は思った。善性寺の者であろう。

僧侶は住職ではなく、修行をしている若僧《にゃくそう》ではないか。仏を引き取ってくるよう住職に命じられたのだろう。

作務衣の四人は寺男か、下働きの者でまちがいなかろう。若い一人が戸板を抱え込むようにして持っている。

その戸板が地面に置かれ、ほぼ同時に若僧の読経《どきょう》がはじまった。

おっ、と佐之助は少し目をみはった。思いもかけず、腹に染み渡るようないい声をしている。

若僧の読経を合図にしたかのように、寺男たちが手をおそるおそる伸ばしはじめた。布の下に全部で八本の腕が差し込まれ、木乃伊の体がそろそろと持ち上げられる。

おお、と野次馬たちからどよめきが湧き起こった。

木乃伊が崩れてしまわぬか、と佐之助ははらはらした。まさか首が落ちたり、腕がもげたりはせぬだろうか。

幸いにもそのようなことはなく、戸板の上に木乃伊は無事に横たえられた。なにごともなく一仕事を終えて、寺男たちはほっとした顔である。

若僧の読経はなおも続いている。さあっ、と音を立てて涼しい風が吹き込んできた。

朗々《ろうろう》とした読経の声が、この風を呼んだのかもしれぬ、と佐之助は思った。

最も歳のいった寺男の控えめなかけ声が響き、戸板がゆっくりと持ち上げられた。

おお、というどよめきが再び野次馬たちから上がった。

慎重に戸板が動き出す。その横に、読経を続けながら若僧がついた。

それを見て大左衛門が口を開いた。

「ふう、見ているこちらが汗をかいてしまうな。——では、手前も善性寺に行ってまいるよ。造作をかけるゆえ、ご住職にちゃんと挨拶をしなければならぬのでな」

佐之助たちに頭を下げて、大左衛門が戸板の後に続いた。

野次馬たちが戸板の一行を取り巻くように、ぞろぞろと動きはじめる。

耳を打つかしましさ、腹に響くような賑やかさが徐々に去っていく。やっと静かになって、佐之助は小さく息をついた。

——おや。

顔を上げた佐之助は、野次馬の中の一人の男に目をとめた。

着流し姿に一本差という恰好からして、浪人であろう。

江戸ではなんら珍しくもない浪人に、なにゆえ目を引かれたのか。

佐之助は自問した。

すぐに答えは出た。

どこか見覚えがある男なのだ。どこで会ったのか、佐之助は考えた。

思い出せない。

三十前後と思えるその浪人は、運ばれていく木乃伊を冷たすぎる目で見据えていた。

——なにゆえあのような目をしておる。

ほかの野次馬たちは、祭りに身を置いているかのように弾けんばかりの笑顔や驚く顔ばかりだったが、その浪人だけは能面のような表情で、口元に緩みは一切見られない。

楽しい宴席で一人だけ仏頂面《ぶっちょうづら》をしている者のように、ひどく目立っていた。

なぜあのような尋常でない目で木乃伊を見ているのか。

佐之助はその浪人を観察した。

すでにその浪人は、野次馬たちと一緒に歩きはじめている。

佐之助は、すぐそばに立っている直之進にささやきかけた。

「なにかな」

直之進が押し殺した声で返してきた。佐之助は直之進をちらりと見やった。どうやら直之進も目つきが気になったのか、同じ浪人に眼差しを投げているようだ。

「あの男ではないのか」

襲ってきた男は、という意味を込めて佐之助はたずねた。

「いや、ちがうな」

確信ある口調で直之進が即答する。

「そうか、ちがうか」

「あの男もなかなか遣えそうだが、まず着物が異なっている。刺客は紺色の小袖を着ていた。あの男は海老茶色《えびちゃいろ》だ」

「どこかで着替えたのかもしれぬぞ」

「しかし体つきもちがう。俺を襲ってきた刺客は、もっとがっしりと張った肩をしていた。あの男もよく鍛え上げられてたくましいが、まったくの別人といって

「湯瀬――」

よかろう。左手の甲に黒いあざもないようだ」

佐之助も男の左手を見つめた。

「うむ、そうだな。だが、なにか気になる男ではあるな」

「確かにな。なにゆえあのような目で木乃伊を見ていたのか」

「湯瀬、実は俺はあの男に見覚えがある」

「ほう、そうなのか。どこで会ったのだ」

「それが思い出せぬ」

「かつての道場仲間ということはないのか」

道場か、と佐之助はなにか引っかかりを感じた。しかしそれはすぐに消えていった。

「いや、覚えがないな」

佐之助がいったとき、こちらの眼差しを感じ取ったらしく、浪人がいぶかしげに振り返った。

佐之助とまともに目が合った。

距離は十間ばかり。佐之助は目をそらさなかった。

浪人は、佐之助の顔をじっと見ている。知り合いかと思いを巡らせたようだが、結局、見覚えはないと判断したようで、すぐに前を向いて歩き出した。

野次馬たちに紛れ込むようにして、急ぎ足で立ち去っていく。

「俺を見ても、あの男の顔色は変わらなんだな。向こうも見覚えはないということか。しかし、やはりどこかで会っているような気がする。湯瀬、俺はあの浪人のあとをちとつけてみる」

直之進に断り、佐之助はすぐさま歩きはじめた。

「倉田、気をつけろ。おぬしのことだから万が一もあり得ぬとは思うが、待ち伏せされてばっさりなどということがないようにな」

「うむ、わかっておる。油断はせぬ」

背中で返事をした佐之助は、浪人に改めて目を当てた。

「倉田さん、お帰りですか」

二間ばかり行ったところで、富士太郎の声がした。

佐之助は足を止め、振り返った。

直之進の横に、富士太郎と珠吉が立っている。富士太郎は直之進と話がしたくて、やってきたのだろう。

「ちと用事ができた。樺山、おぬしはもう帰るのであろう」

「ええ、そのつもりです」

「だがその前に、湯瀬の話をじっくりと聞いておいたほうがよいぞ。その男、また何者とも知れぬ者に襲われおった」

「えっ、まことですか」

富士太郎が首をねじるようにして直之進をまじまじと見る。

「ああ、まことだ」

少し苦い顔で直之進が答える。富士太郎がにらむような目を直之進に当てた。

「まさかそれがしに知られて、直之進さん、まずいと思っているんじゃないでしょうね。ははあ、なるほど、一人で下手人を捜す気だったのですね。直之進さん、それはいけませんよ。それがしもお手伝いいたします」

富士太郎がきっぱりといった。

「あっしもですよ」

珠吉も声をそろえた。

「しかし富士太郎さんたちには仕事があろう」

「直之進さんを襲った者を見つけ、捕らえることがそれがしどもの仕事ですよ」

「今は、富士太郎さんを危うい目に遭わせたくないのだが……」

これは、富士太郎の妻の智代《ともよ》が妊娠していることをいっているのだろう。直之進としては、生まれてくる子を父《てて》なし子《ご》などにはしたくないのだ。

「もともと定廻りはそういう役目なのですよ。命の危険は必ずつきまといます」

「その通りだな」

直之進が仕方なさそうにうなずいた。

そこまで見届けて佐之助は、木乃伊を運んでいる一行のほうに顔を向けた。

一行はかなり遠ざかり、すでに見えなくなっている。わいわいと野次馬たちが大騒ぎしている声しか聞こえてこない。すでに冠木門をくぐり出たかもしれない。

秀士館の敷地を駆けた佐之助は、先ほどの浪人の姿を再び視野に捉えた。

ほとんどの野次馬は、善性寺に木乃伊がおさめられるまで見届ける気でいるようだ。

しかし、あの浪人は一行にはついていかず、一人、道をはずれた。

あまり広いとはいえない道は畑に囲まれ、肥《こえ》のにおいが濃く漂っている。馬糞が至るところに転がっているのは、江戸では当たり前の光景だ。

やがて道はほんの二町ばかりで谷中《やなか》に至り、道の両側は家が建て込みはじめた。

狭い路地を浪人が右に曲がった。浪人を追いかけて、佐之助は路地に足を踏み入れようとした。

だが、すぐに立ち止まった。浪人が立ちはだかるように佐之助を待ち構えているのを知ったからだ。

——覚られていたか。

うまく尾行しているつもりだったが、そういうわけでもなかったらしい。覚られてしまったからといって、ここで踵を返すのも業腹《ごうはら》だった。

よし、と自らに気合を入れて佐之助は路地に入り込んだ。

眉間にしわを盛り上がらせた浪人が目を光らせて、佐之助をにらみつける。

「おぬし、なにか用か」

刀をいつでも引き抜けるように腰を落とし、浪人が低い声できいてきた。

脅しに過ぎぬ、と佐之助は断じた。

——殺気をみなぎらせておるわけではないからな。

「別段おぬしに用はないが、ちょうどよい、ちときたいことがある」

浪人をまっすぐに見て、佐之助は平静な声でいった。

「ききたいことだと」

浪人が肩を怒らせた。

「おぬし、木乃伊のことをどう思っておる」

なぜそんなことをきいてくるのか、と浪人が拍子抜けしたような顔つきになった。

「なにゆえそのようなことを……」

「おぬしだけ、ほかの者とは目がちがったからだ」

この男はいったいなにをいっているのだ、という思いが浪人の顔にあらわれた。

「おぬし、よく人にそのようなことをきいて回っておるのか」

「いや、そのようなことはない」

佐之助は否定した。そうか、と浪人がいって佐之助を見つめる。

「目がほかの者とちがったとは、いったいなんのことやら。――まずは、おぬしの名をきかせてもらってよいか」

この男は意外に人がよさそうだな、と佐之助は感じた。なかなか実直そうな人柄ではないのか。浪人でなく主家持ちならば、きっと主君思いの家臣というところだろう。

「俺は倉田佐之助という」

躊躇なく佐之助は口にした。

「倉田佐之助……」

その名に覚えがあるか、浪人は自問している様子だ。

「秀士館で剣術の教授方をつとめる者だ」

「秀士館で……まことか」

「嘘はつかぬ」

その言葉は素直に信じたようで、感嘆の色が浪人の顔に浮かんだ。

「ああ、そういえば、先ほど目が合った男がおぬしだったな」

うむ、と佐之助は顎を引いた。

「おぬしの名をきいてもよいか」

佐之助にいわれ、浪人は少し迷ったようだが、名くらいよかろうと判断したらしい。

「わしは永井《ながい》孫次郎《まごじろう》と申す」

聞いたことがあるような気がするが、似かよった名はいくらでもあるだろう。

佐之助はその名を胸に刻んだ。

「永井どのは江戸生まれのようだな」

「そうだが……」

「口振りでわかる」

「ならば、おぬしもそうか」

「うむ、俺も江戸の生まれだ」

永井孫次郎は生まれながらの浪人ということだろうか、と佐之助は考えた。どこかよそで生まれ、主家が取り潰しに遭ったために江戸に流れてきたというわけではなさそうだ。

「ところで、目がちがったというのは、どういうことだ」

改めて孫次郎が問いかけてきた。

「秀士館に詰めかけていた野次馬のほとんどは興味津々といった顔だった。永井どのだけが一人、冷めた目をしていた」

「そういうことか」

どこかほっとしたように孫次郎がいった。

「永井どのはわざわざ見に来るほど、木乃伊に関心があるようには見えぬ」

「確かに関心などありはせぬが、所用があって秀士館の近くを歩いていたら、木乃伊が出たという話を聞いた。それで、どんなものなのかと見に行っただけだ。秀士館の近くを歩いておらなんだら、わざわざ見になど行かぬ」

「しかし、なにゆえ、あんな冷たい目で木乃伊を見ていたのだ」

「冷たい目で見た覚えはないが、もし倉田どのにそう見えたのなら、木乃伊という物が気味悪かっただけであろうな」

気味が悪いというような目ではなかったな、と佐之助は思ったが、そのことを口にはしなかった。

「もう行ってよいか」

夕闇の深まりを気にしたかのように孫次郎がきいてきた。

「うむ、けっこうだ」

じろりと佐之助を一瞥《いちべつ》してから、孫次郎が踵を返す。風が吹き、それに追われるようにして足早に歩きはじめた。

三間ばかり進んだところで、孫次郎がこちらを振り向いた。ついてきていないか、佐之助のことを確かめたようだ。

佐之助がまだその場を去らずにいるのを見て眉根を寄せたが、すぐに前を向いた。もう気にせぬとばかりに、すたすたと路地を歩いていく。

やはり見覚えがあるな、と佐之助は思った。だが、どこで会ったのか、さっぱり思い出せない。

十間ほどのこの路地は、人通りのかなりある道に突き当たって終わっている。

孫次郎が道を左に折れたのを、佐之助は見た。

よし行くか、と心でつぶやき、歩を進めはじめる。

路地を抜け、孫次郎が左へと曲がった道へと顔をのぞかせた。道に孫次郎らしい姿はすでになかった。

どこかまた別の路地に入ったのか。それとも、この近くに家があるのか。

人が繁く行きかっている道を、孫次郎を追って佐之助は足早に歩きはじめた。

三間ばかり行ったところで、おっ、と小さく声を上げた。

右側に人の肩幅ほどの路地があり、そこを行く孫次郎の背中が見えたからだ。

いそいそと気持ちが弾んでいるように見えるのは、勘ちがいだろうか。

いや、そんなことはない。まるで、この先に想い人がいるかのような足取りである。

実際にいるのかもしれない。

味噌汁のにおいが漂い流れてくる路地に身を入れることなく、佐之助はしばらくその場にとどまって、遠ざかっていく孫次郎を眺めていた。

路地の奥には、小さな看板がたくさん打ちつけられた木戸が建っているのが見えている。その木戸は、一軒の裏長屋のものであると、すぐに知れた。

孫次郎はためらうことなく、その木戸をくぐっていく。

そこまで見届けてから、佐之助は暗くて狭い路地に入り込んだ。なにを煮ているのかわからないが、味噌汁のにおいのほかに脂くささが増してきている。

それを払いのけるようにして佐之助は木戸へ急ぎ足で向かった。

木戸の陰で足を止め、腕組みをして長屋のほうを眺める。

八つばかりの店《たな》が連なっている長屋の建物が、夕靄《ゆうもや》がうっすらと流れていく中、どこか儚《はかな》げに見えている。

孫次郎は店には入らず、人けのない井戸のそばにしゃがみ込んでいた。釣瓶《つるべ》を使って手と足を洗っているようだ。

その様子を木戸の柱にもたれかかって、佐之助は見守った。

孫次郎をあまり見つめすぎないように注意する。尾行を覚られたのは、おそらく眼差しが強すぎたせいだろう。

孫次郎は、なかなかの遣い手といってよいのだ。

「お帰りなさいませ」

水音に気づいたのか、長屋のいちばん手前の店《たな》の戸が開き、一人の妙齢の女が出てきて孫次郎に声をかけた。

孫次郎がうれしそうに顔を上げる。

その女の後ろに六、七歳と思える男の子が続いている。

「あなたさま」

「父上」

走り寄った男の子が孫次郎に抱きついた。

「おいおい、わしは手と足を洗ったばかりだ。濡れてしまうぞ」

「それがしは濡れてもかまいませぬ」

武家言葉で男の子がいったが、孫次郎が帰ってきたことを、まるで子犬のようにはしゃいで喜んでいる。

永井孫次郎の妻子か、と佐之助は二人を見つめて思った。

木乃伊のせいで帰りが遅くなった孫次郎のことが案じられて、母子は今か今かと店の外の気配をうかがっていたものらしい。

「父上、先ほど噂を聞いたのですが、秀士館の敷地内から木乃伊が出たそうです。知っておいでですか」

目を輝かせて男の子がきく。

「うむ、知っておるぞ」

相好《そうごう》を崩した孫次郎が、男の子をじっと見て答えた。

「わしは実際に見に行ってきた」

「えっ、まことですか」

男の子がうらやましそうにする。妻は驚いた顔だ。

「勇一郎《ゆういちろう》にはすまぬが、わし一人で見に行ってきた」

「そうだったのですか。父上、是非お話を聞かせてください」

勇一郎と呼ばれた男の子が孫次郎にせがむ。一緒に木乃伊を見に行きたかったなあ、という思いが表情に出ているが、そのことを口にしようとはしなかった。

よくできた子よ、と佐之助は感心した。孫次郎のしつけが偲《しの》ばれた。

「うむ、わかった。わしが見てきたことをすべて話してあげよう」

孫次郎は妻子と連れ立ち、一緒に店に入っていった。障子戸が静かに閉じられる。

ふう、と佐之助は息をついた。一見したところ、孫次郎はいかにも穏やかで幸せそうな暮らしを送っているようだ。

しかし、とすぐに佐之助は思った。秀士館での孫次郎の目が気になってしようがない。

孫次郎のあの目は異様でしかなかった。木乃伊を見て、気味悪がっているような目では決してなかった。

それに、孫次郎が木乃伊に気後れしたり、怖《お》じ気《け》を震ったりするようにも見えない。

永井孫次郎という男には、なにか秘密があるのではないか。

——だが俺にはなんら関係ないことだ。

佐之助は思ったが、すぐに心中でかぶりを振った。

——俺は、いずれ永井孫次郎の秘密を暴《あば》くことになるのではないか。

孫次郎とはなんのつながりも見いだせないまま、どういうわけか佐之助はそんな気がしてならなかった。

いや、今日、すでにつながりができたではないか。人生に偶然はない。すべて必然だ。

一陣の風が吹き、湿った路地の土をわずかばかり払っていった。

戻るとするか。自らに告げて、佐之助は木戸の柱から体を離した。今度は魚を焼くにおいが漂いはじめた路地を、足早に抜ける。

谷中をあとにした佐之助は、秀士館を目指した。まだ音羽町の家に帰る気はなかった。

浪人永井孫次郎のことを直之進に語ってからでないと、千勢やお咲希が待つ家には帰れるはずもない。

あたりは夕闇の色が濃くなっていき、魑魅魍魎《ちみもうりょう》が跋扈《ばっこ》してもおかしくない雰囲気に満ちている。

秀士館の門前まで戻ってきた佐之助は、むっと、と顔をしかめた。

叫ぶような人声がいくつも響き、多くの者たちが敷地内を泡を食ったように走り回っているらしいのがわかったからだ。

——今度はいったいなにを騒いでおるのだ。

冠木門を通り抜け、佐之助は番小屋にいた門番の岩三をつかまえた。

「どうした、岩三。またなにかあったのか」

佐之助を見て、岩三が丁寧に辞儀する。

「詳しいことは手前もわからないのですよ。どうも、先ほどからなにやら騒がしいのですが、いったいなにがあったのでございましょう」
「騒いでいるのは、またしても喜与姫の祠のほうだな」
「ええ、どうやらそのようです。崩れたところを直すために、祠の盛り土をすべて石垣で囲うことになりまして、秀士館の土木方の方々が呼ばれたようなのですが……」

そこから先は、なにがあったか岩三も知らないようだ。

騒ぎ方が木乃伊を見つけた男の子たちに似ておらぬか、と佐之助は考えた。まさか二体目の木乃伊が出たというようなことはないだろうか。
「よし、ちと行ってみることにしよう」

岩三にうなずきかけてから、佐之助は喜与姫の祠のほうへと駆け出した。

多くの提灯《ちょうちん》がともされ、ほんのりとした明るさに保たれている祠のそばに、大勢の者がいて、呆然とした顔を並べていた。ほとんどが秀士館の者のようだ。

そこは喜与姫の死骸が出たところではなく、祠をはさんで反対側だった。佐之助が直之進と話をしたあたりである。

少し離れたところに一人ぽつんと立っている直之進の姿を見つけ、佐之助は足早に近寄っていった。

「湯瀬、なにがあったのだ」

声をかけると、直之進がさっと振り向いた。

「おう、倉田、戻ってきたか」

緊張が取れたように直之進が笑い、佐之助のほうに体の向きを変えた。

「実は死骸が出たのだ」

なに、と佐之助は驚いた。

「また木乃伊が出たのではあるまいな」

「いや、ちがう。今度は白骨が出てきたのだ」

「白骨が。人のものでまちがいないのだな」

「着物を着ているらしい。俺は先ほど頭蓋骨を見たが、あれは犬なんかの骨ではない」

「白骨は祠のところに埋まっていたのか」

「どうもそうらしい。佐賀どのが祠の盛り土を石垣で囲むように指示したらしく、土木方が先ほどやってきた。明日からはじまる本普請のための目印の杭《くい》打ちをしたところ、いきなり盛り土の土砂が崩れたのだ」

「それで白骨が出てきたというわけか。怪我人は」

「おらぬ。崩れたといっても大したことはなかったゆえ。いま観撞先生が雄哲先生とともに、出てきた骨を見ている」

「ほう、雄哲先生もいるのか」

「いちど家に引き上げたが、白骨が出たことを知って、いらしてくれたのだ」

それならば観撞という医者は喜んだだろう、と佐之助は思った。

佐之助は直之進とともに、祠の盛り土から二間ばかりのところまで進んだ。確かに、盛り上がっていた土がそこだけ潰えたようになっている。直之進と話したときには、崩れていなかった場所だ。

しゃがみ込んだ雄哲の姿が盛り土の前に見える。その横にいる観撞とともに、熱心に白骨の見立てをしている様子だ。

雄哲たちの後ろに控えるようにぽつねんと立っているのは、富士太郎である。そのすぐそばで珠吉が、火の入った提灯を掲げている。二人の医者に、白骨がよく見えるようにしているのだろう。

佐之助は少し横に動いてみた。

そうすると、雄哲と観撞のあいだの隙間から、地面に敷かれた筵《むしろ》の上に並べられた骨が、珠吉の提灯に照らされてはっきりと見えた。

ぼろぼろではあるが、確かに着物らしい物をまとっているようだ。骨も着物も土色に染まっているようだが、骨がさして汚れているように見えないのは、雑巾《ぞうきん》などできれいに拭き取られたからか。

頭蓋骨が筵の端のほうに置かれている。

――うむ、まちがいないな。あれは人のものだ。しかし、いったいあの骨の主は誰なのか。もしや、喜与姫の後を追って殉死した者だろうか。

佐之助がそんなことを考えていると、ややかすれたような雄哲の声が耳に届いた。

「わしのような一線から身を退いた者が口を挟むのもどうかと思うが、この骨の主はここに埋められて、せいぜい五年ほどであろう」

そんなに新しいのか、と佐之助は少なからず驚いた。

であるなら、喜与姫に関係している者であるはずがない。

「さようですね」

横の観撞が同意してみせる。

「この骨の主が死んでから、確かに五年といったところでしょう」

「死んでからではない。殺されてからだ」

雄哲が厳しい口調で訂正する。

「ああ、さようでした。し、失礼しました」

恐れ入ったように観撞が身を縮める。

白骨の主は殺されてここに埋められたのか、と佐之助は納得した。

それも当たり前だろう。着物を着て自ら土にはいるなど、あり得ない。

殺されたと耳にして、直之進は驚きを隠せずにいる。

しゃがみ込んだまま雄哲が手を伸ばし、無造作に筵の上の頭蓋骨をつかんだ。

「この骨は成人の男だな。頭蓋骨の両の眉のところが出っ張っておることが、まず一つ徴《しるし》として挙げられる。これは、女の頭蓋骨と明らかに異なる点だ。女の眉のあたりの骨は丸みがあるだけで、出っ張ってはおらぬ。ほかにも頭蓋骨全体が大きいことと、顎ががっしりと張っていることが男の証だな。仏は男とみてまちがいない」

自信たっぷりに雄哲が断じた。

「あの、雄哲先生――」

雄哲の背後から、富士太郎が控えめに呼びかけた。

「なにかな」

手に持ったままの白骨をしげしげと見てから、雄哲がゆっくりと首をひねって富士太郎を見上げた。

「この骨の主が殺されたと、どうしてわかるのですか」

「ああ、それか」

雄哲が頭蓋骨を高く掲げてみせた。

「こいつだよ」

頭蓋骨の後ろ、後頭部を富士太郎に見せる。

「ここに陥没《かんぼつ》したような穴があるだろう」

雄哲が指をさした。

佐之助は背伸びをし、雄哲の手のうちにある頭蓋骨をのぞき込んだ。

「はい、確かにありますね。先生、これが死因ですか」

佐之助にも、その穴が見えた。

決して大きくはないが、小さいともいえない穴である。確実に命を奪えるだけの打撃を下手人が骨の主に与えたのは、まちがいないところだろう。

「その通りだ。背後から殴りつけられたのだろうな」

「凶器はなんでしょう」

「傷の大きさからして、金槌《かなづち》のような物であろうな」

「金槌ですか」

「かなり強い力で殴りつけておるな」

「下手人は男でしょうか」

「そうかもしれぬ。女よりは男のほうがずっと考えやすい。なあ、そうであろう、観撞どの」

優しい口調で雄哲が語りかける。

「は、はい、まこと雄哲先生がおっしゃる通りでございます」

観撞が恐縮して答えた。

金槌が凶器だとしてどういう者が下手人として考えられるか、少し頭をひねったらしい富士太郎が、新たな問いを雄哲にぶつけた。

「身につけている着物から、なにかわかりますか」

「この仏が着ているのは、肌襦袢《はだじゅばん》に紋付《もんつき》の羽織だな。紋付といっても、家紋自体がどんなものか、長いこと土中にあったせいで、もうまるでわからなくなってしまっているが」

「紋付ですか。この骨の主は武家でしょうか」

「五つ紋のようだから、武家ではないか」

五つ紋の羽織は武家、三つ紋のそれは庶民、と公儀が厳と定めているのだ。

「しかも羽織だけで、袴は穿いておらぬ。なにかちぐはぐだな」

「袴なしですか。確かに不思議ですね。――この白骨の主が五年前に殺されたのだとして、なにゆえ紋付の羽織を着たまま、この地に埋められたのでしょう」

富士太郎の問いかけに、ふむう、と雄哲がうなり、ゆっくりと立ち上がった。いてて、と腰を叩く。

「大丈夫ですか」

富士太郎が気遣う。相変わらず心優しい男だ、と佐之助は思った。

「ああ、大丈夫だ」

雄哲が富士太郎に強い眼差しを当てる。

「それを調べるのが、樺山どのたちの仕事であろうがな」

「あっ、申し訳ありません」

富士太郎があわてて頭を下げた。

「だが、そういうふうに突き放すのも、かわいそうな気がするな」

楽しげに雄哲がいう。

「畏《おそ》れ入ります」

ほっとしたように富士太郎が小腰をかがめる。雄哲が改めて口を開いた。

「おそらく、この骨の主は生きたまま、ここまで連れてこられたのではないかな。袴を穿いておらぬ理由はわからぬがな。この地に秀士館が建てられて一年余。この白骨の主は秀士館ができる前に、ここに埋められた。それだけは明白よ」

はい、と富士太郎が相槌を打つ。

「以前、佐賀どのにきいたのだが、この地は旗本家の下屋敷だったそうだ」

「えっ、そうだったのですか」

樺山が知らぬのも当然だな、と佐之助は思った。自分も今日、大左衛門から聞かされたばかりだ。

「うむ。なんでも、その旗本家が取り潰しになり、直後、ここにあった下屋敷が火事で全焼したそうだ。五年ほど前のことだと佐賀どのはいっていたな。この男が埋められたのは、ちょうどその頃といってよいのではないか。下屋敷の焼け跡は更地とされ、長く公儀が差配する場所になっていたらしいぞ」

「そこに佐賀どのは、秀士館を建てたというわけですね」

そういうことだ、と雄哲がいった。

「佐賀どのは、もともと公儀の要人と親しくしておる。あまり大きな声ではいえぬが、その縁でこの広大な地を、格安の値で払い下げてもらったのだろう」

公儀の要人の縁、というのは佐之助には初耳だ。しかし、大左衛門は江都一の粋人《すいじん》といわれるだけの男である。

要人たちと茶器や刀剣、作庭などの趣味を通じて深い親交があるのは、至極当然のことだろう。いろいろと便宜を図ってもらえるのも、当たり前のことでしかないのではないか。

もしかすると、と富士太郎がいった。

「白骨の主は五年前、その旗本家を訪ねてきて殺されたのかもしれません」

「うむ、そしてここに埋められたか。十分に考えられるな」

深くうなずいて雄哲が同意してみせる。

「まずは、ここにあった下屋敷のあるじがどなただったか、そのことを調べてみることにします」

富士太郎が宣するようにいった。

「それがいいかもしれんな。樺山どの、珠吉、ご苦労だが、励みなされ」

温かな声で雄哲が富士太郎主従を促す。ありがとうございます、と富士太郎が頭を下げた。珠吉もそれにならう。

「樺山さま、この骨はどうしますか」

これは観撞がきいた。

「その骨に、身元を明かすための手がかりはありますか」

顔を上げた富士太郎が問い返す。

「いえ、残念ながら骨自体には証拠となるようなものはなにもありません。せめて紋付の家紋がどういうものかわかれば、またちがうのでしょうが」

佐之助から見ても紋付の羽織はもうぼろぼろで、紋など判別のしようがない。

ふと思いついたらしい雄哲が羽織の裏地をめくってみた。

裏地にも紋が入れられていることがある。だが、そちらも表側と同様に読み取ることはできなかったようだ。

「その骨をどうするかということですが、今は手がかりはないにしても、いずれ身元は知れることになりましょう」

富士太郎が、観撞にきっぱりとした口調で告げる。

「身元が明らかになれば、その骨は身内や縁者に引き取ってもらうことになりましょう。それまでは、それがしが責任を持って預かることにいたします」

「いえ、それではお手間でしょう。よろしければ、手前が預かりますよ」

真剣な顔で観撞が申し出る。

「いえ、それでは観撞先生にご迷惑がかかります」

「迷惑なんてことはありませんよ。手前は医者ですからね、骨がそばにあっても別になんともありません。樺山さまの場合、ご内儀に障りがあるのではありませんか」

富士太郎の妻の智代が妊娠していることを、観撞も知っているのだ。

「ですので樺山さま、手前に預からせてください。お願いします」

観撞が深く頭を下げた。

「あの、観撞先生、本当によろしいのですか」

「もちろんですよ」

笑みを浮かべて観撞が大きくうなずく。

「人の役に立つ者になれ、と手前は父に繰り返しいわれてきました。それで人さまの命を救うことのできる医者を志したのですが、この骨を預からせていただくのも、父の意に沿うものだと思います」

観撞の言葉に、富士太郎は深い感銘を受けたようだ。

「でしたら、観撞先生、お言葉に甘えさせていただくことにいたします。本当に助かります。ありがとうございます」

「いえ、そこまでいわれるほどのことではありません。この骨の主の身元がはっきりするまで、きっと大切に預からせていただきますから」

「よろしくお願いします」

富士太郎が丁寧に頭を下げた。同時に珠吉もこうべを垂れた。手に持つ提灯が上下に少し揺れる。

「では、それがしどもはこれにて失礼し、番所に戻ることにいたします」

そこにいる者たちに向かって、富士太郎が辞儀する。珠吉も深々と腰を折った。

「観撞先生、そのお骨《こつ》をどうか、よろしくお願いいたします」

最後に富士太郎が念を押すようにいった。

「はい、お任せください」

昂然《こうぜん》と胸を張って観撞が請け合う。

富士太郎と珠吉が連れ立って、その場を離れていく。

佐之助は横に立っている直之進を見た。直之進は、去りゆく二人をじっと見ている。

「樺山は、明日から骨の主の身元調べだ。それが判じれば、次は下手人捜しということになろう。——おぬしは刺客捜しだな。繰り返していうが、湯瀬、全力を尽くせよ」

「いわれるまでもない」

決意の籠もった声で直之進が答えた。にこりと笑う。

「おぬしの力を借りずにすむように、がんばるつもりだ」

「よし、その言葉を聞いて安心した。俺は帰るぞ。明朝また秀士館にやってくるが、おぬしと道場で会うことはないな」

「多分そうなろう」

「会えぬとなると、ちと寂しい気がするぞ」

佐之助は本心を吐露した。

「実は俺もだ」

「気が合うな」

「まったくだ。倉田、できるだけ早く刺客を見つけてみせるゆえ、それまでは一人でがんばってくれ」

「任せておけ」

佐之助は胸を叩いてみせた。

「湯瀬の分まで、門人たちをびしびし鍛えてやる」

「そんなに張り切らずともよい。少しは手加減したほうがよいのではないか」

「そのあたりのさじ加減は任せておけ」

うむ、と直之進がうなずいた。

「それで倉田のほうはどうだったのだ。先ほどの浪人が何者か、わかったのか」

「名は知れた。永井孫次郎という。湯瀬、聞き覚えはあるか」

「いや、ないな。倉田、おぬしはあの浪人とどこで会ったのか、思い出したのか」

佐之助は顔を少しゆがめた。

「いや、それがまだなのだ。思い出せぬゆえ、いらいらしてならぬ」

「まあ、苛立ってもはじまらぬ。のんびりと思い出せばよい」

「うむ、そのうち思い出すのではないか、と楽観しておるのだ。なにかのきっかけがあれば、必ずや思い出そう」

実際、佐之助は明るい見通しを抱いている。もっとも、思い出さずともよいのではないか、という気持ちがないわけでもない。もしどこで会ったのか思い出したら、きっと永井孫次郎の秘密を暴くことになってしまうのではないか。

「では湯瀬、これでな。おきくどのと直太郎がおぬしの帰りを待っておろう」

なんとなく別れがたいものを佐之助は覚えている。それは直之進も同じようだった。

「千勢どのとお咲希ちゃんも、おぬしの帰りを待ちわびているはずだ」

「確かにな。では、またな」

踏ん切りをつけるようにいって、佐之助は冠木門に向かって歩きはじめた。見送っている直之進の目を強く感じる。

——俺たちは、これまで何度も力を合わせて生死の境を切り抜けてきた。かたい絆ができるのも当たり前ではないか。

そんなことを思いながら、佐之助は秀士館の敷地内を進んでいった。

冠木門のそばまでやってくると、番小屋に詰めている岩三が外に出てきた。

その頃にはもう佐之助は直之進の目は感じなくなっていた。

「いかがでした」

興味津々という顔で岩三がきいてきた。

少し億劫《おっくう》ではあったが、佐之助はどんなことがあったか語って聞かせた。

「さようでしたか。骨が出たのですか」

木乃伊が出たときに比べればさすがに驚きの度合いは少ないようだが、それでも岩三は目をみはっている。

「誰の骨かわかったのですか」

「それはわからぬ。これからの探索にかかっていよう」

「ああ、そうなんでしょうね」

「南町奉行所同心の樺山富士太郎が明日から探索に当たる。骨の主が誰か、きっと明かしてくれよう」

いい置いて佐之助は冠木門を出た。

——よし、今から戻るゆえ待っておれ。

家で待っているはずの千勢とお咲希に心中で告げた佐之助は、懐から提灯を取り出し、慣れた手つきで火をつけた。

夜目《よめ》が利くから提灯の必要は感じないのだが、やはり明るいほうが楽なのは確かである。火の暖かみをほんのりと感じながら、佐之助は音羽町に向かって一人、歩き出した。

第二章

一

山梨《やまなし》家といった。

五年前、取り潰しに遭った旗本の名である。

昨日、珠吉とともに秀士館から帰る途中、日暮里の自身番で町役人《ちょうやくにん》らに話を聞いて判明したのだ。

いま秀士館の建っている敷地に下屋敷を構えていた山梨家は、四千二百石もの大禄の旗本で、取り潰しになった際の当主は石見守《いわみのかみ》行定《ゆきさだ》というそうだ。

火事で死んだとき、三十代半ばの若さだったという。

ただ、なぜその山梨家が取り潰されたのか、詳しい事情を知る者は、日暮里の自身番には一人もいなかった。

秘匿《ひとく》されているのかもしれない。いや、そんな大袈裟なものではなく、ただ外に漏れなかっただけのことなのか。

――どこに行けば委細がわかるかな。

昨晩、寝床に入って富士太郎は考えた。

早朝、まだ誰もいない南町奉行所に出仕しようとする頃には、すでに心当たりができていた。

町奉行所内には一人、人並みすぐれた物知りがいるのだ。

大門をくぐり抜けて朝靄を突っ切り、まだほとんど人けの感じられない奉行所の母屋に上がる。

――おいらも早いけど、高田《たかだ》さんはもっと早いものなあ。今朝も、もういらっしゃっているに決まっているよ。

そんなことを考えつつ、富士太郎は廊下を進んだ。

例繰方《れいくりかた》の詰所の戸口に立ち、失礼いたします、と声をかけてから、板戸を横に滑らせた。もわっ、と中から少しかび臭い大気が這うように出てきた。

「おっ、その声は富士太郎だな」

詰所の中から観之丞《かんのじょう》の弾んだ声が聞こえた。やはり高田さんはすでにいらしたよ、と富士太郎はうれしかった。

「おはようございます」

戸口に立ったまま、富士太郎は声のほうに挨拶を投げた。

「お、富士太郎。どうした、こんなに早く」

一礼してから富士太郎は敷居を越え、例繰方の詰所に入り込んだ。古い書物のにおいが一杯に漂っており、胸が苦しくなりそうだ。

町奉行所ができて以来、二百年以上の記録がここには残されている。その年月の重みに押し潰されるような心持ちになるのかもしれなかった。

観之丞自身は、このにおいがたまらなく好きなようだ。

本棚がいくつも立ち並ぶ詰所の中を進むと、おびただしい書類や帳面などがおさめられたひときわ背の高い本棚の前に高田観之丞が立ち、分厚い帳面を繰《く》っていた。

「おう、おはよう」

富士太郎を認め、観之丞が帳面をぱたりと閉じる。

「お忙しいところ、申し訳ありません」

「いや、別に忙しくなどないぞ。ただ確認のために、見ていただけだからな。忙しくなるのは、皆が出仕してきてからだ」

富士太郎は観之丞に近寄った。

「ほう、富士太郎、またなにか一段とたくましくなったようだな」

富士太郎をしげしげと見た観之丞が腹に手を当てていった。

「ご内儀の様子はどうだ。順調か」

「はい、おかげさまで」

富士太郎は笑顔で答えた。

「それで富士太郎、子が産まれるのはいつだったかな」

「年末です」

「楽しみだな」

「はい、まったくです」

「ついに富士太郎が父親になるか。子を持つことになるのがわかってから、よりたくましくなったのかもしれぬな」

「そうでしょうか。自分では実感がなく、まったくわからないのですが」

「まあ、今のところはそんなものだろう。しかし、たくましくなったのは体のほうではないぞ。心のほうよ。おぬし、前から若い割に図太かったが、さらに図太くなりおったな。最近、物事に動ずることなど、ほとんどないのではないか」

「そうでもありません。妻の具合がどうか、母上がずっと健《すこ》やかでいてくれるか、担当している事件をうまく解決できるのかなど、心配事には事欠きません」

「一緒に暮らしている家人のことが案じられてならぬのは、人として当たり前のことだ。事件のことが気にかかるのも、定廻り同心として当然のことだろう」

観之丞が言葉を切り、すぐに続けた。

「そうではなく、番所の上役にうるさくいわれても右から左へ聞き流せるようになっただとか、先輩同心の小言など屁のようなものだと思えるようになっただとか、凄腕の悪人を前にしても落ち着き払っていられるとか、わしはそういうことをいっておるのだ」

「先輩同心から小言をいわれることはあまりありませんし、仮にいわれたとしても屁とはさすがに思いませんが、確かにそういう面では、平静を失うようなことは、ほとんどなくなったような気がします」

「そうだろう、そうだろう」

楽しそうに観之丞が何度もうなずく。

「おまえは若いのに、これまで誰にも負けぬほど場数を踏んできたゆえ、胆力がついたのよ。毎日の仕事が身についているのだ」

観之丞が、少しうらやましそうに富士太郎を見る。観之丞は、二十年以上にわたって例繰方一筋と聞いている。

例繰方は裁きの前例を調べるのが主な仕事で、外に出ることは滅多にない。毎日外出する富士太郎の仕事に、観之丞は羨望《せんぼう》の思いがあるのかもしれない。

「それで富士太郎、なにを知りたい」

観之丞が顔をのぞきこむようにしてきいてきた。

「ああ、それです」

顎を引いた富士太郎は、四千二百石もの大身の旗本山梨家が五年前になぜ取り潰されたのか、そのわけを知りたいのです、といった。

「山梨家か。殿さまは石見守行定どのといったはずだ。歳は三十六だったかな。上屋敷は本郷御弓町《ほんごうおゆみちょう》にあった。これは、おまえの縄張内だな。今はどのような家が入っているのかな」

さすがに観之丞で、なにも見ることなくすらすらと述べた。

「その山梨家の取り潰しが決まり、親戚に預けられていた当主の石見守どのが単身ひそかに下屋敷に戻り、火を放ったのだ。下屋敷は全焼し、石見守どのは焼け死んだ」
口を閉じ、観之丞がなにごとか考え込んでいる。
「焼け死んだのは、当主の石見守どのだけだったな。ほかに死んだ者はおらぬは
ずだ」
「はい、それがしもそのあたりまでは存じておるのですが」
「富士太郎、なにゆえ山梨家が取り潰しになったかだったな」
確かめるようにいった観之丞が首をひねり、再び思案に沈む。
「確か、山梨石見守どのの一件は評定所《ひょうじょうしょ》の扱いになったはずだ」
評定所は町奉行、寺社奉行、勘定奉行の三奉行に、老中一人で成り立ってい
る。そのほかに陪席として大目付と目付が加わる。六人による寄合は、千代田城
和田倉門《わだくらもん》そばの伝奏屋敷《てんそうやしき》で行われるのが通常だ。この国で行われる裁きの中で最
高位のものといってよい。
四千二百石もの大身の旗本である山梨石見守の一件で評定所の裁きが下り、取
り潰しが決まったという流れは、至極当然のものといってよい。
しばらく下を向いて考えていたが、やがて観之丞が難しい顔を上げた。
「富士太郎、申し訳ないが、山梨家の一件はなにも思い出せぬ。というより、取

り潰しの理由は公《おおやけ》にされなかったのではないかな。なにか公にできぬ理由があったのだろう」

観之丞が自らの顎を手のひらでなでた。

「評定所は最高位の裁きゆえ、どのような評定が行われたか、もともと外に漏れにくいのだ。町奉行は評定所の一員だが、当時の御奉行は、詳しいことはなにも教えてくれなんだ。今の御奉行は着任間もないお方ゆえ、山梨家の一件について、ご存じのことはなに一つなかろうな」

「ああ、そうでしょうね」

「山梨家の一件は、まだ五年前のことに過ぎぬ。新しい事柄といってよい。わしは山梨家のことを、事件として帳面につけた覚えはない。この詰所に詰めている他の者も、おそらく同様だろう」

「さようですか」

高田観之丞さんでも、と富士太郎は思った。知り得ないことがあるのだな。

そのことに富士太郎は驚いている。

「すまぬな、富士太郎、力になれず」

観之丞が頭を下げる。

「いえ、とんでもない。高田さん、顔を上げてください」

富士太郎はあわてていった。

「もう一つききたいのですが、よろしいでしょうか」

「なにかな」

観之丞がようやく顔を上げて、富士太郎を見る。

「山梨石見守さまの検死は行われたのですね」

「もちろん行われただろう」

「検死を行ったお医者の名を、高田さまはご存じですか」

「それは聞いた覚えがあるな」

観之丞が口をぎゅっと引き結ぶ。

「ああ、思い出した。山梨家の下屋敷における火事の際、検死を行ったのは算兼《さんけん》というお医者だ」

その名を富士太郎は聞いたことがない。

「算兼先生ですが、お住まいはどちらなのでしょう」

「住まいは知らぬが、今は将軍家の御典医になっている」

「えっ、将軍家の御典医ですか。ならば、相当腕のよいお医者なのですね」

「それはもう、まちがいなかろう。富士太郎、算兼先生に会いに行くつもりか」

「会えるのならば、お目にかかってお話を聞きたいですね」

「すべはあるのか」

「ないこともありません」

一人だけ手蔓《てづる》になりそうな人物がいないことはない。

ほかに観之丞にきくべきことはないか、富士太郎は自問した。いま思い当たることは、なにもなかった。

「おっ、富士太郎、仕事に戻るか」

富士太郎の辞去の気配を察して、観之丞が少し残念そうにいった。

「高田さんにお目にかかるのも、もちろん仕事ですよ。でも役目に戻ります。今日はこれから探索に当たります。高田さん、どうもありがとうございました」

「礼をいわれるほど、おまえの役に立ったとは思えぬな」

「いえ、そのようなことはありません。高田さんにお目にかかってよかったと心から思っています」

ふふふ、と目尻のしわを深めて、観之丞が笑った。

「富士太郎は優しいな」

「そんなことはありません」

「いや、おまえは本当に心優しい男だ。おまえのような男が番所内にいてくれて、わしは本当にうれしく思っておるよ。心が慰められる」

「過分なお言葉ですよ」

「そんなことはない。わしは本当のことを述べておるだけだ」

「はあ、ありがとうございます」

「今回、おまえが担当する事件は山梨家絡みというわけだな。詳しいことは、今はきかぬ。解決した暁《あかつき》にはゆっくり話してくれぬか」

「お安い御用です」

「よし、富士太郎、とにかくがんばってくるがいい」

「はい、力の限りがんばります」

「うむ。少しでも骨惜しみしたら、それはもう樺山富士太郎ではないからな」

「よくわかっております。そのことはいつも肝に銘じていますよ」

「さすが富士太郎だ」

例繰方の詰所をあとにした富士太郎は、町奉行所の大門に向かった。

大門をくぐり抜けると、陽射しを避けられる場所で珠吉が立っていた。

「珠吉、待たせたね」

珠吉が顔を上げ、富士太郎を見る。

「ああ、旦那。おはようございます」

おはよう、と富士太郎は返した。毎朝の恒例で、珠吉の顔色をじっと見た。最近では珠吉のほうも慣れたもので、なにも文句はいわない。富士太郎がじろじろ見るのに任せている。

「うん、今日も顔色はいいようだね。歳を感じさせないよ」

「このところ体調はずっといいですからね。体も軽いですよ」

「それはいいことだよ。夏になると疲れやすくなる人が多い中、体が軽いだなんて、うらやましいくらいだよ」

「旦那はどうなんですかい。体調は万全ですかい」

「もちろんだよ。智ちゃんと一緒になって以来、おいらは風邪もほとんど引かなくなっちまったからね。好きな女性と祝言《しゅうげん》を挙げて、ともに暮らすというのは、やっぱり体にすごくいいことなんだねえ」

「体にいいことは心にもいいんですよ。心身ともに旦那は最高潮ってことですね」

「その通りだよ」

富士太郎は力こぶをつくってみせた。

「よし、珠吉、今日もがんばるよ。暑さになんて負けていられないよ」

「ええ、ええ、よくわかっておりやすよ。ところで旦那、今日はどういうふうに攻めやすかい」

そうだね、と富士太郎はいって考えはじめた。富士太郎の邪魔をしないように珠吉がそっと後ろに回る。

「ねえ、珠吉」

顔をよく晴れた空に向けて、富士太郎は忠実な中間に語りかけた。

「ちょっと考えたんだけどさ、昨日出たあの白骨の主が、実は当主の石見守さまってことはないかねえ」

「どうでしょうかねえ」

富士太郎の背後で珠吉が首を振ったのが気配で知れた。

「読み物としてはおもしろいかもしれやせんけど、果たしてどうでしょうかねえ。あっしは、あまりないような気がしますねえ」

「そうだよねえ。ちと飛躍のしすぎだね」

——珠吉がそういうんなら、別の方向を考えなきゃいけないね。

富士太郎がそんなことを思ったとき、珠吉がすぐにいった。

「でも旦那、どんな思いつきでも、徹底して調べたほうがいいですよ。なにしろ旦那の勘は当たりやすからね」

「そんなにいつもいつも当たっているわけじゃないよ」

謙遜《けんそん》でなく富士太郎は答えた。

「いえ、そんなことはありませんぜ」

珠吉が力の入った口調で否定した。

「旦那は番所随一の勘の持ち主ですよ」

「でも珠吉、おいらは勘を頼りに探索の方向を決めているわけじゃないよ」

「それはそうですねえ。旦那は番所一、頭脳明晰な人ですから」

「珠吉、そいつはいくらなんでも持ち上げすぎだよ。皮肉にしか聞こえないよ」

「あっしは決して皮肉をいっているわけじゃありやせんよ。いつも本心からいってやすからねえ」

少しのあいだ黙り込んだ珠吉が富士太郎に言葉を投げかけてきた。

「旦那は、山梨家の下屋敷の火事のとき、どなたが焼死体の検死をしたか、知っ

てい
るんですかい」

どうやら本筋に戻ったようだね、と富士太郎はほっとした。

「うん、知っているよ」

珠吉に目を当て、富士太郎は胸を張って答えた。

「先ほど高田さんに教えてもらったばかりだからね」

「高田さまというと、例繰方のお方ですね」

「番所一の物知りだよ。高田さんがいうには、算兼先生というお方らしいよ」

算兼が何者なのか、富士太郎は珠吉に手短に伝えた。ほう、と珠吉が感心したような声を発する。

「将軍家の御典医ですかい。まさしく雲の上の人ですねえ」

「ねえ、珠吉、そんな人にどうすれば会えるかね。やっぱり御奉行にお願いするのがいいのかな」

新しい南町奉行は曲田《まがつた》伊予《いよ》守《のかみ》隆久《たかひさ》といい、理《り》非《ひ》曲直《きよくちよく》を正す、を座《ざ》右《ゆう》の銘《めい》としている正義漢である。ただし、まだこれまであまり話をしたことがないから、頼みづらいところが富士太郎にはある。しかし、いざとなれば、そんなことをいっていられるはずもない。曲田にじかに当たり、頼ろうとは考えている。

旦那、と珠吉が呼びかけてきた。瞳に明るい色が宿っている。

きっとよい手立てを思いついたんだね、と富士太郎は期待し、珠吉をじっと見た。

「雄哲先生に紹介してもらうというのは、どうでしょう」

「ああ、それはいい手だね」

珠吉も考えは同じだ。深くうなずいて富士太郎はいった。

「うん、今はそれしかないかな」

珠吉が真剣な目を富士太郎に当てている。

「もしかしたら、旦那は雄哲先生が苦手なんですかい」

「いや、そんなことはないよ。珠吉、そう見えるかい」

「少なくとも、あまり得手《えて》にしているように見えないですね」

「前はちょっと苦手だったねえ」

富士太郎は素直に認めた。

「歯に衣《きぬ》着せぬ物言いが怖いし、なんか取っつきにくく感じてさ。でも、今はちがうよ。とてもいい人だなあって、心から思っているからね」

「ええ、しかも頼り甲斐がありやすよね」

「うん、本当だね」

「それなら旦那、雄哲先生にお力添えを頼むのも、へっちゃらでやすね」

「もちろんだよ」

力強く富士太郎は答えた。

「では、行き先は秀士館でよろしいですかい」

「うん、珠吉、急ぐよ。大丈夫かい」

「あっしなら、大丈夫に決まってるじゃないですか。旦那、飛ばしやすよ。ちゃんとついてきてくだせえよ」

「わかっているよ」

「じゃあ、旦那、日暮里に向かいやしょう」

珠吉が富士太郎の前に出て先導をはじめた。歩調は軽く、六十を過ぎているとは思えない。さすがだね、と富士太郎は毎度のことながら思うしかなかった。

半刻ほどで秀士館の冠木門が見えてきた。

富士太郎たちは一礼して門をくぐった。

富士太郎たちに気づき、番小屋から初老の男が出てきた。すでに富士太郎たちとは顔なじみである。

「おはようございます、樺山さま、珠吉さん」

「おはよう、岩三」

富士太郎は笑顔で返した。珠吉もにこりと笑って頭を下げる。

「今日も暑くなりそうですね」

岩三が空を見上げていった。刻限はいま五つ半くらいだろう。まだ厳しい暑さではないが、いずれ太陽は本来の力で江戸の町を熱するつもりでいるのは目に見えている。

「本当だね、この過ごしやすさがずっと続くといいのにね」

「まったくですよ。それで樺山さま、今日はどんな御用でございますか。昨日の白骨の一件でいらしたのでございますか」

「その通りだよ」

富士太郎はうなずいた。

「その件で、今日は雄哲先生にお願いしたいことがあって来たんだよ」

「雄哲先生ですか。でしたら、あっしが呼んでまいりますよ」

「ああ、それはありがたいねえ。岩三、お願いできるかい」

「お安い御用ですよ。では、樺山さま、珠吉さん、あっしと一緒に母屋においでくださいますか。雄哲先生はちょうど朝一番の講義を終えられて、控えの間でお茶を召し上がっている頃じゃないかと思いますよ」

「えっ、もう講義が終わったのかい。朝一番の講義って、何刻にはじまるんだい」

「確か、六つ半からですね。講義は一刻ですからちょうど終わったはずです」

「ふーん、六つ半かい。そんなに早くからはじまるんだ。門人たちも大変だね」

「雄哲先生によれば、人というのは朝のほうが頭の働きがいいんだそうです。それで朝一番に講義をされることが雄哲先生は多いんですよ」

「頭の働きがいいか。でも、寝起きは頭がぼんやりしているよねえ」

「ですから、できるだけ早く寝て早く起きて、少し体を動かして頭をしゃきっとさせておくのが肝要なんだそうです」

「ああ、そうだねえ。おいらも雄哲先生のお言葉通りにしなきゃいけないねえ」

岩三の案内で母屋に入り、富士太郎たちは客間に落ち着いた。いきなり雄哲の控えの間に行くようなことはない。

「すぐに雄哲先生を呼んでまいりますので、お待ちくださいね」

「ありがとう」

鳥の絵が描かれた襖が静かに閉められた。

「ありがとう」

岩三がいなくなり、富士太郎と珠吉は部屋の中を見回した。

よく掃除が行き届いた六畳間である。畳自体がまだ青々としており、どこもすり切れたりしていない。どこか薫風《くんぷう》が流れているような心地よさを感じさせる部屋で、座っていてとても気分がいい。

「ああ、なんて気持ちいいんだろうね。このままどてって横になりたくなっちまうよ」

「この居心地のよさは、きっと佐賀さまの心遣いがそこはかとなく感じられるからでしょうねえ」

珠吉も目を閉じてうっとりしている。

「珠吉、あまりに居心地がよすぎて、横になったらすぐに寝ちまいそうだよ」

「そのままぐっすりでしょうねえ」

「——珠吉、その襖絵の鳥はなんだろう。白鷺《しらさぎ》かな」

田に一羽の鳥が立ち、首を曲げて餌をついばんでいる。その背後には富士山がそびえ立っている。

富士太郎にいわれて、珠吉が見つめる。

「こいつは、白鷺でしょうねえ」

「鶴ってことはないかい」

「ないんじゃないですかね。鶴はもうちょっと首が長いし、足もずっと細いような気がしますよ。それに、鶴ならつがいでいるんじゃありませんかい」

「つがいか。うん、鶴は二羽でいるっていう感じがするねえ。白鷺は、よく一羽でいるのを見かけるものねえ。これは珠吉のいう通り、やっぱり白鷺だね」

「ええ、そうでやすよ」

珠吉が顎を引いたとき襖のほうに人の気配が立ち、うおっほん、と咳払いが聞こえた。

「失礼する」

襖がするすると横に滑り、雄哲の立ち姿が富士太郎の目に映り込んだ。

「おう、樺山どの、珠吉。よく来てくれたな」

敷居を越えて雄哲が座布団の上に端座した。

「いえ、お忙しいところ、お邪魔しまして申し訳ありません」

「いや、岩三にも聞いただろうが、午前の講義はもう終わったのでな。これから八つまではすることもろくにない。急患があれば飛んでいくが、たいていは医術書を読んでいるくらいだからな」

「今日も医術書をお読みになるのですか」

「当たり前だ。日々学ばねば立ち後れるし、取り残される。わしは負けず嫌いゆえ、知らぬ間に人に遅れをとるのはいやなのだ」

「なるほど。雄哲先生が激しい競り合いの中、なにゆえ出世されていったのか、わかったような気がします」

「出世というより、人の迷惑を顧《かえり》みず、のし上がっていっただけだがな」

「でも、やはり雄哲先生の医術は素晴らしいと思います。あれだけの腕を持つに至るのに、どれほどの努力を必要としたか」

「そんなに褒めたところで、なにも出ぬぞ。それにもともと、わしは大して努力もしておらぬのだ。医術が心の底から好きだからな。好きなことをするのは、苦労ではない。樺山どのも探索の仕事が好きであろう。ちがうか」

「はい、それがしは大好きです。確かに苦労と思ったことはありません」

「そうであろう」

満足げに雄哲が笑んだ。

「それで樺山どの、わしに願い事があって来たらしいが、どんなことかな」

雄哲のほうから水を向けてきた。ありがたし、と富士太郎は思った。

「お願い事というのは、きのう出た白骨に関係したことです。五年ばかり前、旗本屋敷が燃えたときに出た焼死体の検死結果について詳しいことを知りたいのです」

「検死結果か、なるほどな。それで」

「雄哲先生は算兼先生をご存じですか」

「ああ、よく知っておるぞ」

少し苦い顔で雄哲が答えた。

「算兼がその焼死体の検死を行ったのか」

「さようです。それで雄哲先生へのお願いというのは――」

「みなまでいうな」

雄哲が富士太郎の言葉を遮《さえぎ》る。

「算兼を紹介せいというのだな」

「さようです」

富士太郎は点頭《てんとう》した。

「あやつか――」

つぶやいた雄哲が、どこかいまいましげな顔つきになった。

「あの、駄目でしょうか」

おそるおそる富士太郎はきいた。

「駄目ということはない」

富士太郎をにらみつけ、雄哲が大きくかぶりを振った。

「算兼とは仲がいいといえぬ。犬猿の仲というほどでもないが、ちと紹介しにくいところはあるな」

「ああ、さようですか」

「算兼は、わしが出世争いに心を砕いていた頃、一番の難敵だった」

難敵か、と富士太郎は思った。宿敵のような男だったのだろうか。

「あやつは、わしの出世を邪魔することだけを考えておった。もっとも、わしもあやつを蹴落とすことだけを必死に考えていたがな」

そうだったのか。おそらく雄哲と算兼の間で激しい出世競争が行われたのだ。

それは富士太郎には想像のつかない世界だ。富士太郎は息をのむような思いだった。

だが、と雄哲がいった。

「今はもう、わしは隠居の身だ。出世争いなど、もはや関係ない。やつに会わせるくらい、たやすいことよ」

一転、明るい顔で富士太郎に告げた。

「ありがとうございます」

ばっ、と弾かれたように富士太郎は畳に両手をついた。

「そのような真似をすることはない。樺山どの、顔を上げなされ」

はっ、と富士太郎はいわれた通りにした。それを見て雄哲が口を開く。

「なにしろ、わしはやつの弱みを握っておるゆえ、頼みを聞かせるくらい、なんということはない」

「えっ、弱みですか」

「そうよ。――それで樺山どの、算兼にいつ会いたいのかな」

「できれば、すぐにでもお目にかかりたいのですが」

「わかった。いま紹介状を書こう。それを持っていけば、診察の最中でない限り、算兼は会ってくれるはずだ」

「ありがとうございます」

富士太郎は深々と頭を下げた。

「いま書くゆえ待っていてくれ」

壁に沿って置かれた文机に雄哲が向かい、背筋を伸ばして座り直す。たっぷりと墨を吸った筆を、すらすらと滑らせていく。

「――これでよし」

ふうふうと息を吹きかけて墨を乾かしてから書状を折りたたみ、封書にする。それを富士太郎に差し出してきた。

「持っていくがよい」

「ありがとうございます。雄哲先生、確かに拝受いたしました」

両手で封書を受け取った富士太郎は、丁寧に懐にしまい入れた。

「ところで樺山どの、珠吉。わしが握っているやつの弱みを聞きたくはないか」

「ええ、それは、まあ……」

人の弱みや秘密など富士太郎はさほど関心はない。珠吉も同じはずだ。

「樺山どの、秘密を聞きたがるというのは、人としてどうかと思っている顔だな」

見抜かれたか、と富士太郎は背筋に冷や汗が出てきたのを感じた。さすがに名医としかいいようがない。これまで多くの患者を診てきて、人の心を見抜く目を身につけたのではないか。

雄哲が言葉を継ぐ。

「それは、人としてとてもよい心がけだと思う。だがな、樺山どの」

雄哲がにやりと笑いかけてきた。

「人の秘密ほど、この世でおもしろいものはないぞ」

「はあ、そうかもしれません」

富士太郎は相槌を打ってみせた。

「実際のところ、樺山どのは役目柄、人にいえぬ弱みや秘密など山ほど抱えておろうな」

「はい、それはもうたくさんあります」

「端からそれだけの秘密を抱えておるのだったら、一つくらい増えても別にかまわぬではないか。わしは算兼の秘密を話したくてしようがないのだ」

「ああ、そうなのですか」

「ただし、他言無用だ。もっとも、おぬしらに念押しするまでもなかろうが」

「ええ、他言はいたしませぬが……」

「よし、では話そうか。といっても、さしたる秘密ではないゆえ、聞いて落胆せぬようにな」

「はあ、わかりました」

さしたる秘密でなくとも相変わらず気は進まなかったが、富士太郎は耳を傾ける姿勢をつくった。

雄哲が唇を湿らせた。

「実はな、あやつは一度、薬を誤ったことがあるのだ」

「薬をですか」

「そうだ。病をまちがえ、投薬すべき薬とは別の薬を選んでしまった。しかも、そのときの患者は若年寄だった」

「えっ、若年寄……」

さすがに富士太郎は絶句せざるを得ない。その富士太郎の驚いた様子が自分の思っていた以上だったらしく、雄哲は満足そうな表情を見せた。笑みを浮かべて話を続ける。

「誤った薬のせいで、若年寄の容体は急変した。息が止まり、もはや死を待つしかないところまでいったのだ。仲はよいとはいえなかったが、ほかにどうしようもなかったのであろう、算兼はわしに泣きついてきた。この窮状を救ってくれるのは雄哲しかおらぬ、とな」

「それで雄哲先生はどうされたのですか」

我知らず富士太郎はきいていた。

「むろん、わしは駆けつけた。すぐにやつから、なにをしたのかをきき、すぐさま新たな薬を処方して若年寄にのませたのよ」

もったいをつけるように雄哲が少し間を置いた。

「それで若年寄はどうなったのです」

富士太郎は身を乗り出してたずねた。

「もちろん病状は快方に向かったさ」

「事なきを得たのですね」

「その通り」

雄哲が誇らしげにうなずいた。

「そのようなことがあったから、算兼先生は今も雄哲先生に頭が上がらないのですね」

「そういうことだ。やつは上さまの御典医にまで成り上がって今はふんぞりかえっておるが、二十年ばかり前にそんなへまを犯したのだ。あのとき若年寄だった大名は年老いたとはいえ、今も存命だ。ただし、あのとき死にかけたことは本人も知らぬ。わしが口を閉ざしているゆえな。こうしてみると、わしもけっこう口が堅いではないか」

かかか、と雄哲がいかにも愉快そうに笑った。その顔を見ていたら、富士太郎も自然と笑みがこぼれた。

後ろに控えている珠吉も頬を緩めているのが気配から知れた。

「雄哲先生、算兼先生はいま千代田城に詰めておられるのですね」

「そうだ。大玄関まではなにごともなく行けるはずだ。そこに案内の侍が控えておるゆえ、用件をいえばよい。そのときにわしの封書を渡すのがよかろうな」

「ありがとうございます。手土産を持っていったほうがよろしいでしょうか」

「いらんよ」

雄哲が手を払うような仕草をした。

「本当に必要ありませんか」

「いらんよ。算兼に持っていくなら、わしにくれ」

「あっ、すみませんでした。なにも持ってこずに」

「いや、別にわしは手土産なんぞ、ほしくないぞ。とにかく算兼になど持っていく必要はないのだ」

「承知いたしました」

深く礼をいって、秀士館の雄哲のもとを辞去した富士太郎は書状を懐に、珠吉とともに千代田城に急いだ。


珠吉が立ち止まった。

大手門が間近に見えている。

目の前に、堀を渡るための土橋が架かっている。橋には木の手すりがついている。

「旦那、あっしはここまでです」

さすがに珠吉の身分では千代田城内には入れない。

「うん、じゃあ、珠吉、行ってくるよ。待っていておくれよ」

「わかっていやすよ。旦那、一人で大丈夫ですかい」

「大丈夫じゃなくとも、一人で行くしかないよ。でもへっちゃらさ。千代田のお城にはこれまで何度か来ているからね。じゃあ、行ってくるよ」

富士太郎は手を挙げて珠吉に別れを告げた。珠吉が頭を下げて富士太郎を見送る。

富士太郎は土橋をすたすたと歩いて、大手門の前にやってきた。足を止め、深く息を吸って踏み出す。

富士太郎はゆっくりと大手門をくぐった。


富士太郎は将軍家の御典医の控えの間に通され、一人、算兼を待った。

控えの間の隅には行灯《あんどん》が一つ灯されているが、その明かりは驚くほど明るい。さすがに質のよいろうそくを使っていることが知れた。

明るい行灯を前に、富士太郎はさすがにほっとしている。

なにしろ千代田城のこんな奥まで足を踏み入れたのは、初めてのことなのだ。ずっとどきどきしっぱなしだった。

この控えの間に通されるまで、雄哲の書状がこれほどまでに物をいうとは思わなかった。

書状を大玄関にいた係の侍に渡してから四半刻近くその場で待たされたもの

の、その侍が富士太郎のもとに戻ってきてからは、一瞬の滞《とどこお》りもなくこの控えの間に案内されたのである。

富士太郎は雄哲に向かって、手を合わせたい気分である。

千代田城内は静かだ。大勢の侍が詰めているはずなのに、しわぶき一つ聞こえてこない。ときおりひそめたような話し声やかすかな足音が耳に届くだけである。

「失礼する」

襖が横に動き、一人の男が姿を見せた。頭をつるつるにし、十徳を羽織っている。いかにも医者という感じだ。

富士太郎は畳に平伏した。

「樺山どのか」

しわがれた声できいてきた。はっ、と富士太郎は下を向いたまま答えた。

算兼と思える男が敷居をまたぎ、富士太郎の前に着座する。

「わしが算兼です。樺山どの、面《おもて》を見せてくだされ」

富士太郎はすぐに顔を上げた。ほう、と算兼が嘆声を放つ。

「町方の役人と、こうして面と向かって話をするのは初めてだが、凛々《りり》しい顔をしている割に意外に物柔らかな感じも受けるな。よい男ではないか」

富士太郎は、算兼の全身から漂う雰囲気が雄哲にどことなく似ているような気がした。御典医ともなると、同じような空気をまとうのだろうか。

ただし、眼差しは雄哲よりも鋭かった。これは現役の御典医であることが関係しているのかもしれない。

「畏れ入ります」

富士太郎は再び頭を下げた。

「雄哲どのからの紹介ということだが、あの男とは親しくしておるのか」

少し苛立たしげに算兼がきいてきた。

「はい、それがしが赤子の頃よりの付き合いです」

「ほう、そんなに古いのか」

算兼が富士太郎の顔をまじまじと見てきた。目がわずかにとがっているようだ。

「あの偏屈な男と長年付き合えるなど、そなたも物好きだ。――それで用というのは、五年前に起きた旗本の下屋敷における焼死体のこととか」

「はい、さようです」

「雄哲どのの書状にそう記してあった。それは、山梨家のことだな」

「さようです」

「雄哲どのの書状には、そなたがたずねることにはなんでも答えるようにと書いてあった。相変わらず高飛車《たかびしゃ》な物言いよな。まったく」

富士太郎には、雄哲の書状になんと書いてあったか知る由《よし》もないが、算兼は機嫌がよいとはいえなかった。

雄哲が昔のことを思い出させるような書き方はしていないだろうと思うが、算兼自身、恫喝《どうかつ》されたと考えたかもしれない。

しかし、ここで怯《ひる》んではいられない。時がもったいない。算兼も忙しい身であろう。

「では、おききいたします。算兼先生は山梨石見守さまの検死を行われたそうですが、それはまちがいありませんか」

富士太郎は一応、確認した。

「うむ、わしが担当した。それについては、まちがえようがない」

「算兼先生が石見守さまの検死をなさったのは、どなたかの指示によるものですか」

「うむ、その通りだな。さて、あれはどなたの命だったか。――ああ、御目付の定岡内膳《さだおかないぜん》さまだったな」

富士太郎にとって、定岡内膳という名は耳にしたことがある程度でしかない。ただし、今はもう目付を致仕《ちし》したことは知っている。目付は常に十人ほどの旗本が役目に就いているが、その中に定岡内膳の名はないのだ。

もしかすると、と富士太郎は思った。

――近々定岡内膳さまに話をきく必要が出てくるかもしれないね。

顔を上げ、富士太郎は算兼をまっすぐ見た。

「定岡内膳さまは御目付からはすでに引退されたとうかがっていますが――」

「引退もなにも、もう亡くなっておるよ」

富士太郎の言葉を遮るように算兼がいった。それは初耳で、富士太郎は驚いた。

「えっ、それはいつのことですか」

「もう四年以上前になろうか。急死だった」

急死とは、と富士太郎は首をひねった。定岡内膳の身になにかあったとは考えられないだろうか。

「定岡内膳さまの死因はなんでしょうか」

「病だと聞いておるよ」

「病……。定岡内膳さまの死に不審な点はありませんでしたか」

算兼が目を見開いた。思ってもいない問いだったようだ。

「いや、不審な点などなかったのではないかな。わしが検死したわけではないゆえ、はっきりとしたことはわからぬが」

さようですか、と富士太郎はいった。とうに鬼籍《きせき》の人とはいえ、定岡内膳の死がこの先、石見守の一件に関わってくるようなことはないだろうか。いずれ定岡内膳という人物について、調べてみることになるかもしれないね、と思った。

算兼を見つめて、富士太郎は丹田《たんでん》に力を込めた。

「では、本題に入らせていただきます。算兼先生が五年前、検死なさった焼死体ですが、まちがいなく山梨石見守さまのものでしたか」

えっ、と算兼が意表を突かれたような顔になった。

「それはどういう意味かな」

「実は――」

秀士館の敷地内で見つかった白骨のことを富士太郎は語った。

「ほう、山梨家の下屋敷の跡に学校が建ったのは知っておったが、身元知れずの白骨が出てきおったか」

肥えて肉の余った顎を算兼がなでる。

「あの焼死体が山梨石見守さまのものだという確信は、わしにはない。今もあの当時もだ。なにしろ丸焼けだった。男か女かの判断もつかぬほどだった」

「それでも、山梨石見守さまのものであると算兼先生は判断を下されたわけですね」

「そういうことになる。死骸の手のうちに山梨石見守さまが最も大事にしていた脇差が残されており、それが決め手となったのだ」

「脇差ですか」

「その脇差の拵《こしら》えなどはすべて焼けてしまっておったが、刀身はしっかりと残っていた。火災による熱のせいで色はすっかり変わっていたが、茎《なかご》に切られた銘は、その脇差がまさしく山梨石見守どのの愛刀であることを証しておった」

「なんという銘だったか、覚えていらっしゃいますか」

「うむ、覚えておるよ。わしは、刀集めに熱を上げておるのでな。あれは河田壱《かわだい》岐守重俊《きのかみしげとし》という鎌倉の頃の刀工が作刀したものだ。名刀といってよい。わしも一振りほしいくらいよ」

　算兼が一息入れる。

「ゆえに、検死をしたといっても、あの焼死体が山梨石見守さまのものであるか、確証はないのだ」

　言葉を切り、算兼が富士太郎に鋭い一瞥をぶつけてきた。

「もしあの焼死体が山梨石見守さまでないとしたら、別人が死んだことになるが、誰かそのような者がおるのか」

「いえ、そこまではまだ調べは進んでおりません」

「そなたの勘に過ぎぬということか。町奉行所の役人ならば、その手の勘は特に大事にすべきことであろうな」

　ふふ、といきなり算兼が笑った。富士太郎は、なにがおかしいのだろう、と算兼をじっと見た。

「すまぬな」

　算兼が笑いをおさめる。

「あれが山梨石見守さまのご遺骸でないかもしれぬのか、と思ったら、どういうわけか、笑いが出てきてしまったのだ」

人というのは、得《え》てしてそのようなことがあるものだ。小さく息をつき、富士太郎は新たな問いを発した。

「山梨家がなにゆえ取り潰しの憂き目に遭ったのか、その理由について算兼先生はご存じですか」

「そのことには当時、わしも強い関心があった。四千二百石の大身の旗本が取り潰されるなど、大事だからな。しかし、取り潰しの理由は、よくわからなかったな。わしのような者が、聞き回るわけにもいかなかったし」

山梨家の遺臣ならば、と富士太郎は思った。なんらかの事情を知っているのではないか。会うことができれば、詳しい話がきけるかもしれない。

「算兼先生は山梨家の元家臣に、ご存じの人はいらっしゃいますか」

「おらぬな」

算兼が素っ気なく首を横に振る。

「山梨家は、わしが焼死体の検死をするまで、まったく縁のない家だったゆえ」

「さようですか」

どうやらここまでだった。算兼がそろそろ立ち去ろうかという素振りを見せたのだ。

富士太郎は頭を下げた。

「算兼先生、本日はお忙しいところ、まことにありがとうございました」

「うむ。樺山どの、また会おうではないか」

座したまま算兼が別れを告げた。はっ、と富士太郎は平伏した。

「ところで樺山どの」

声に厳しさをにじませて算兼が呼びかけてきた。

「今度わしに会うときは手土産を忘れんようにな」

その言葉を聞いて、富士太郎は体をかたくした。

「申し訳ありません」

「おそらくは、手土産など不要、と雄哲どのがいったのであろうが、あの男の言葉に従うなど、愚《ぐ》の骨頂《こっちょう》よ。隠居し、もはやなんの力もない男ではないか。よいか、樺山どの、わしを大事にしたほうがそなたも得るところが多いはずよ。では、これでな――」

衣擦れの音をさせて立ち上がった算兼が襖を開け、控えの間を出ていった。襖は開けっ放しである。

――医は仁術《じんじゅつ》という言葉は、ここでは通じないんだろうね。老中首座の御典医をつとめているとき、雄哲先生も似たようなものだったのかな。だったら悲しくてならないけど、きっとそんなことはないよね。雄哲先生があんなふうだったら、父上が親しく付き合うはずがないもの。

いつまでもここにいるつもりはなく、富士太郎も立ち上がった。廊下に出て、一人、大玄関を目指す。帰りは案内の侍がいるわけではないのだ。

さすがに将軍の住まう千代田城だけあって、迷子になりそうなほど広い御殿だが、役目柄、地理についてては日々鍛錬しているので、どこをどう通ってきたかわからなかったり、どこをどう行けばよいのか戸惑ったりするようなことはない。

それでも陽のほとんど射さない廊下は暗く、かなり心細かった。

自分を励ましつつ歩き、富士太郎はなにごともなく大玄関にたどり着いた。自分の雪駄《せった》を履くと、吐息が漏れ出た。

珠吉は首を長くして待っているだろうね。

大玄関を出た富士太郎は、足早に歩きはじめた。本当は走りたいくらいだったが、千代田城内を駆けるわけにはいかない。

ようやく大手門をくぐり抜けた。土橋が架かり、その向こうに珠吉が立っているのが見えた。

ああ、なんだ、ずっと立っていたのかい。この暑い中、大変だっただろうね。安堵よりもそんな思いが先に立った。富士太郎は、年上にもかかわらず珠吉が健気《けなげ》に思えてならなかった。抱きしめてやりたいくらいだ。

ここまで来たら少しくらい駆けても大丈夫だろう、と富士太郎は小走りに土橋を渡った。珠吉が笑顔でこちらを見つめている。

富士太郎は珠吉に抱きつきそうになって、さすがに思いとどまった。人目があるし、珠吉もびっくりするだろう。心の臓の病で倒れた琢ノ介の例もある。驚かせるようなことは避けなければならない。

「珠吉、戻ったよ」

平静な声で富士太郎はいった。

「はい、旦那、無事でなによりですよ。ほんと心配しましたよ、旦那が取って食われないかって」

そういって珠吉がほっと肩から力を抜く。心から案じてくれていたのがわかる顔だ。

「心配のしすぎだよ、珠吉」

笑みを浮かべて、富士太郎は珠吉の肩を叩いた。

「お城には人を食らうような化け物なんか、いやしないんだからさ」

「大きな声ではいえねえんですけど――」

本当に珠吉が声をひそめた。

「だって、千代田城は伏魔殿《ふくまでん》というじゃないですか」

「うん、まあ、確かに魔物がひそんでいそうな雰囲気ではあったし、人自体が魔物のようにも思えたけど、今も大勢の人たちが出仕しているんだし、なにも起こりゃあしないよ」

「それならいいんですが」

「珠吉、ここで立ち話もなんだから、ちょっと歩こうよ」

ええ、と珠吉がうなずき、先導をはじめた。

「首尾はどうでしたか」

振り返って珠吉がきく。

「とにかく汗をかいたよ」

富士太郎は苦笑してみせた。それから、算兼との対面がどんなものだったか、珠吉に語った。

「やはり一癖二癖ある人物が、のし上がっていくんですねえ」

「ああいう人じゃなきゃ、将軍家の御典医などつとまらないんだよ。図太くないと、神経がまいっちまうに決まっているんだ」

「さいでしょうねえ」

珠吉がしみじみといった。

「それで旦那、これから山梨家の遺臣を捜し出すんですね。どんな手立てを講じるつもりでいるんですかい。算兼先生は、山梨家の遺臣に心当たりがなかったんですよね」

「どうすれば捜し出せるかってのは、千代田城内を一人で歩いているときに考えてみたんだ。そこいらから魔物が出てきそうで、怖いのを紛らわすためにね」

「ああ、そうだったんですかい。やっぱり千代田城ってのは、大変な場所なんでやすね。それで旦那、肝心の手立ては思いついたんですかい」

「大した手じゃないんだけどね。とりあえず山梨家の上屋敷があった町に行けば、なにかつかめるんじゃないかって気がしているよ」

「ああ、出入りの商家もあるかもしれやせんし、山梨家に奉公に出ていた女中も近くに住んでいるかもしれやせんからね」

「うん、そういうことだよ。そう考えると、算兼先生に会うより先にそちらを当たったほうがよかったかな」

「そうかもしれやせんけど、どのみち算兼先生には話を聞かなきゃいけなかったと思うんですよ。ですから、こっちを先にしておけばよかったなんて、考えなくてもいいんですよ。あっしらの仕事に無駄ってものは決してありやせんから」

「珠吉のいう通りだね。手がかりがなにもつかめなくても、前に進んでいるのは確かなことだからね」

「そうでやすよ」

珠吉が元気のよい声を出した。

「それで旦那、山梨家の上屋敷がどこにあったか、わかっているんですかい」

「もちろんわかっているよ」

胸を張って富士太郎は答えた。

「これも、高田さんに教えてもらったからね。御弓町だよ」

「本郷か。でしたら、縄張内ですね」

ほっとしたように珠吉が口にする。

他の定廻り同心の縄張に足を踏み入れるときは、礼を失しないように気を使わなければならないのだ。珠吉ほどの練達《れんたつ》の者でも、そういうのはやはり気疲れするのだろう。自分たちの縄張内なら、気を使う必要はない。

半刻後、富士太郎と珠吉は御弓町にやってきた。

ここはいつも見廻りで通っている町であるが、この地に山梨家の上屋敷があったことなど、富士太郎は知らなかった。

五年前では富士太郎はまだ見習同心で、今の縄張を任されてはいなかったということもある。

珠吉は富士太郎の父の中間をしており、縄張内を毎日めぐっていたが、武家屋敷に関しては役目に関係がなく、覚える必要がなかったのだろう。

しかも山梨家の上屋敷は、武家屋敷町にあり、町方がほとんど足を踏み入れることのない場所にあるのだ。

「よし、珠吉、いいかい。聞き込みをはじめるよ」

「ええ、わかりやした。手分けをしやすかい」

「うん、それがいいだろうね。この道の両側に分かれて話をきいていくことにしよう」

富士太郎は、自分たちがいま立っている通りを指し示した。

「そうすれば、どっちが手がかりをつかんだにしても、すぐに合流できるからね」

「わかりやした、そうしやしょう」

「よし、珠吉、はじめるよ。山梨家の遺臣を見つけるための手がかりだよ」

「ええ、よくわかっておりやすよ」

富士太郎と珠吉は、ここまで歩いてきた疲れを見せることなく、すぐさま聞き込みを行った。

最初はなにも得られなかった。通りの反対側の店やら仕舞屋《しもたや》やらを訪ね歩いている珠吉も同様のようだ。

聞き込みをはじめて四半刻後、富士太郎の顔なじみである下総屋《しもうさや》という味噌醤油問屋に入った。そこで初めて、この店が山梨家に出入りしていたことを知った。

――ああ、なんだ、下総屋さんがそうだったのかい。

店に入り込んで奉公人に絡んでいたやくざ者を、追い払ってやったこともある。やくざ者は負け犬のような目をして、すごすごと立ち去っていった。

「啓右衛門《けいえもん》さん、聞きたいことがあるんだけど、いいかな」

富士太郎は申し出た。

「もちろんですよ。樺山の旦那、なんでもおききになってください」

番頭の啓右衛門は快諾してくれた。

「下総屋さんは、山梨家に出入りしていたってことだけど、おまえさんは山梨家が取り潰しになった理由を知っているかい」

「いえ、手前は存じません。手前どもも野次馬根性丸出しで、知りたいって思ったこともありました。でも、結局のところ、知ることはできませんでしたね」

そうかい、と富士太郎はいった。

「ならば、山梨家の旧臣で、住処《すみか》を知っている人はいるかい」

「ええ、一人だけですが、知っている人がおりますよ」

「えっ、まことかい」

富士太郎は勢い込んだ。

「どこに住んでいるんだい」

「この近所ですよ。お名は竹内平兵衛《たけうちへいべえ》さんとおっしゃいます、とてもよいお人ですよ」

それなら話をしやすいかもしれないね、と富士太郎は思った。

「竹内どのの家への道を教えてくれるかい」

「お安い御用ですよ」

啓右衛門はすらすらと道順を述べた。富士太郎はそれを頭に叩き込んだ。

啓右衛門に礼をいい、下総屋の暖簾《のれん》を外に払う。道の端に立ち、富士太郎は珠吉を目で捜した。

珠吉は、斜向《はすむ》かいの米問屋で聞き込みを行っている最中だ。奉公人に話を聞いているらしい背中が、薄暗い店内にうっすらと見えている。

「珠吉っ」

富士太郎は通りを隔てて呼んだ。珠吉がさっと振り向く。

「おいで」

富士太郎は小さく手招いた。珠吉が店の者に礼をいって、通りを横切ってこちらにやってきた。

「なにかつかめましたかい」

目を輝かせて珠吉がきく。

「うん、遺臣の一人の住処がわかったよ」

「旦那、やりやしたね」

珠吉がほめる。

「運がよかっただけだよ」

そんなことはありやせんよ、といって珠吉がかぶりを振る。

「必死に働かない者に、運は向かないものって相場は決まってやすぜ。旦那の必死さが天に通じたんでしょう」

「そいつはすごくうれしい言葉だね。天に認めてもらうなんてさ。——よし、珠吉、さっそく行くよ」

「ええ、まいりやしょう」

珠吉にうなずきかけて、富士太郎は歩きはじめた。珠吉がすぐに続く。

隣町の本郷竹町《たけちょう》に入り、最初の辻を左に曲がって十間ばかり進んだ。左手に、こぢんまりとした稲荷社が見えている。

——ふむ、このお稲荷さんの西側の家だって、啓右衛門はいってたね。となると、こっちの家だね。

富士太郎はその家の前に立った。家の前になにやら看板が出ていた。それには『手跡指南　平明《へいめい》学問所』とあった。

「こちらですかい。どうやら手習《てならい》所《じょ》のようですね」

「うん、そうみたいだね」

「静かですね」

「うん、そうだね。手習所にしては珍しいね」

手習の最中も、手習子《てならいこ》たちは大騒ぎしているのが常なのだ。年下の子をいじめるとか、よほどのことがない限り、それを手習師匠がとがめることはない。手習子は伸びやかに育てるというのが、手習師匠たちの共通した思いである。

「休みなのかな」

だいたい七日に一度、手習所には休みが設けられているものだ。

「ああ、そうかもしれないですね。では、あっしが訪《おとな》いを入れやす」

枝折戸《しおりど》を押して珠吉が狭い庭に入り込む。富士太郎もそのあとに続いた。戸口の前に立った珠吉が障子戸を軽く叩いた。

「竹内さん、いらっしゃいますかい」

「はい、どちらさまかな」

すぐに中から穏やかな声が返ってきた。

「町方の者です」

障子戸に向かって辞儀して珠吉が告げる。

　つぶやくような声が障子戸越しに聞こえたかと思うと、がたがたと音を立てて障子戸が開く。

「町方……」

　珠吉に代わって富士太郎が前に進み出た。

「それがしは、南町奉行所定廻り同心で樺山と申す者。――竹内どのですか」

　目の前の男をじっと見て富士太郎はきいた。

「さようですが」

　平兵衛の細い目には戸惑いの色がある。

「なにか御用でしょうか」

「ちょっとおききしたいことがありまして」

「はて、どのようなことでしょう。――ああ、立ち話もなんですから、お入りになりますか」

　目尻を柔和に垂らして、平兵衛が富士太郎たちをいざなう。

「よろしいのですか」

「かまいませんよ。今日はちょうど休みで、誰もおりませんので」

「ああ、やはり休みでしたか」

「あまりに静かすぎて、なにか妙な感じがしますよ」

障子戸の先に広がる三和土《たたき》は広く、壁にはたくさんの履物が入る沓箱《くつばこ》が設けられていた。

三和土で雪駄を脱ぎ、富士太郎たちは式台《しきだい》に上がった。式台の先は厚みのありそうながっちりとした板戸で隔てられている。この向こうに、手習子たちが学ぶ教場があるのではないか。

「こちらにどうぞ」

出入口の脇にある部屋に、富士太郎と珠吉は通された。

どうやらここは客間のようだ。畳が敷かれている六畳間である。

掃除が行き届いているのは、女手があるからではないか。富士太郎はそんな気がした。男だけではここまできれいにするのは、無理だろう。

「いま妻《さい》が他出中でして、お茶も出せぬのですが」

すまなそうに平兵衛がいった。手習師匠らしく、いかにも人当たりがよさそうな男である。手習子たちからも、人柄を慕われているのではないか。

「いえ、お気遣いなく」

富士太郎は笑顔で手を振った。富士太郎の後ろに控える珠吉は、富士太郎の言葉にうなずいたようだ。

「すみませんな、ではお言葉に甘えさせていただきます。――それで、町方のお役人がどういうご用件でしょう。それがしにききたいことがあるとのことですが」

「山梨家のことです」

富士太郎は前置きなしに告げた。

「竹内どのは山梨家の家臣でしたね」

「はい、さようですが」

今さらなにゆえそのようなことをききに来たのだろう。平兵衛の顔にいぶかしげな色が浮かぶ。

「竹内どのは山梨家では、どのようなお役目についていらしたのですか」

「用人です。それがしは殿と家臣たちのあいだを取り次ぐ役目をしておりました」

おっ、と富士太郎は目をみはった。

「でしたら、山梨石見守さまのおそばにいらしたのですね」

「ええ、おっしゃる通りです。近臣といってよいと思います」

富士太郎は居住まいを正した。

「今それがしたちはさる事件のことを調べているのですが、その道筋において、山梨家が取り潰された理由を知る必要に迫られました」

「それでそれがしに会いに見えたということですね」

「そういうことです。竹内どのは取り潰しの理由をご存じでしょうな」

期待を込めて富士太郎はきいた。

「ええ、知っています」

ためらうことなく平兵衛が答えた。

「話していただけませんか」

富士太郎は頼み込んだ。目を閉じ、平兵衛はしばらく考え込んでいた。いくら取り潰しに遭ったとはいえ、主家のことをぺらぺらとしゃべっていいものか迷ったようだ。これまで誰にも語ったことはないのかもしれない。

「わかりました」

顔を上げ、平兵衛が静かな口調でいった。

「お話しいたします」

その顔には、決意の色がほのかに感じられた。平兵衛自身、これまでずっと秘してきて誰かに話したいという気持ちを抑えきれなくなっていたのか。

「ありがとうございます」

富士太郎は頭を下げた。

「山梨家が取り潰しになった遠因は、さる大大名と諍《いさか》いになったことです」

「大大名ですか。差し支えなければ、名を教えていただけませんか」

「よろしいですよ。伊達《だて》家です」

「伊達家……」

仙台に本拠を置き、六十二万石余を領する大名家である。大名の中でも三本の指に入る大領を誇っている。伊達家以上の領地を持つ家は加賀の前田《まえだ》家と薩摩の島津《しまづ》家くらいしかない。

「伊達家とどのような諍いがあったのですか」

「江戸市中で、伊達家の勤番侍と山梨家の家臣が喧嘩になったのです。さすがに刀は互いに抜かなかったのですが、殴り合いになりましてな」

「殴り合いですか」

「ええ、山梨家の者が伊達家の侍を半殺しにしてしまったのです」

「なんとっ」

富士太郎は返す言葉がなかった。珠吉も呆然としているようだ。

ため息でもつきそうな顔で平兵衛が言葉を続ける。

「伊達家側は激怒し、山梨家の家臣を切腹させるようにいってきました」

「石見守さまはどうしたのですか」

「我が殿は家臣を大事にされるお方でした。喧嘩両成敗。大事な家臣に切腹などさせるわけがありません。きっぱりと断りました」

「それで」

「殿は懇意にしていた目付の定岡内膳さまに、悪いのは伊達家のほうだと訴え出ました。伊達家側は大目付に訴えました」

定岡内膳さまか、と富士太郎は思った。先ほど算兼から名を聞いたばかりだ。

「それで両家の争いは、評定所の扱いになりました」

このことは、例繰方の高田観之丞もいっていた。

「殿が訴え出てから数日後、上屋敷に定岡内膳さまがいらっしゃいました。定岡内膳さまによると、評定所の裁決は山梨家に不利なものになりそうとのことでした。なので示談にしたほうがよい、と定岡内膳さまはおっしゃいました」

「ほう、山梨家の不利に傾いたのですか。それで石見守さまはどうされたのですか」

「不本意ではありましたが、定岡内膳さまのご忠告を容れ、伊達家に謝罪に行かれました」

「ほう、それはまことと、度量を感じさせる決断でしたね」

「ええ、それがしもそう思います」

どこか誇らしげに平兵衛がいった。

「伊達家の上屋敷に赴《おもむ》くにあたり、定岡内膳さまも同行してくださいました」

それを聞いて富士太郎はうなずいた。黙って話の続きを待つ。

「事前に定岡内膳さまから、しかるべき金額を示談金として用意しておくようにといわれ、我が殿は百両という金を袱紗《ふくさ》に包んでおりました。伊達家の応接の間で向こうの殿さまと面会された殿は、申し訳ございませんでした、と頭を深々と下げられ、見舞金として袱紗を差し出されました」

直後、口惜しそうに平兵衛が顔をゆがめた。

「しかし、伊達の殿さまは受け取ったものの、すぐに、こんなはした金はいらぬ、とばかりに袱紗を投げつけてきました。我が殿は激高されましてな」

ごくりと富士太郎は唾を飲んだ。

「それからどうなったのですか」

はい、と平兵衛が顎を引いた。

「伊達家の殿さまと対面する前に我が殿は両刀をお預けになりましたので、寸鉄《すんてつ》も帯びておられませんでした。満面を朱にされてすっくと立ち上がるやいなや、伊達の殿さまを思い切り殴りつけられたのです。それも二発や三発ではありません。馬乗りになって何発もです」

「なんと」

「伊達家の上屋敷は上を下への大騒ぎになりました。我が殿は、伊達家の家臣どもに押さえつけられました。きゃつらに捕らえられてしまったのです」

しばらく無念そうに黙りこくっていたが、気持ちが落ち着いたのか、平兵衛が再び話しはじめた。

「――伊達家の殿さまをあれほど手ひどく殴りつけては不問に付されるはずもなく、我が殿の行いは大問題となりました」

そうだろうな、と富士太郎は思った。

「結局、またも評定所の扱いとなり、山梨家は取り潰しの憂き目に……」

語り終えた平兵衛ががくりとうなだれた。当時のことが脳裏にくっきりとよみがえってきたようだ。

平兵衛の無念さが波のように伝わってきて、富士太郎は言葉もなかった。珠吉も同様のようだ。

客間を重い沈黙が支配する。

やがて、その重さを破るように平兵衛が口を開いた。

「我が殿は明るい御気性で、家臣たちにも慈悲深く、とてもよいお方でしたが、少し短気でいらっしゃいました。三十六という若さもあって、まだまだ思慮が足りなかったのでしょうね」

唇を嚙み締めてから平兵衛が続ける。

「評定所の裁きが下るまでのあいだ、我が殿は親戚の家に預けられておりました。取り潰しに決まった翌日、我が殿はひそかに親戚の家を抜け出し、大のお気に入りだった日暮里の下屋敷に行かれました。そして、屋敷に火を放たれ、自死してのけられました」

平兵衛がため息を漏らす。ふう、という音が客間内に響いた。

「そのあとはどうなったのです」

富士太郎は真剣な口調で問うた。平兵衛が顔を上げた。

「公儀の要人たちは、我が殿の行いに激怒したそうです」

うつむき気味に平兵衛が答える。

「上屋敷はすぐさま取り上げられ、家臣たちは行き場を失いました。皆で寄り集まって話し合いをしましたが、いい案など出るはずもありません。結局はそれぞれが伝《つて》を求め、ばらばらに散っていきました」

その姿が富士太郎には見えるようだった。

「主家が取り潰しになって以来、家中の臣でそれがしが会ったことのある者は一人もおりませんよ」

首を振り振り平兵衛がいい、きゅっと唇を嚙み締めた。

「心中、お察しいたします」

富士太郎は、そういうのが精一杯だった。

平兵衛が天井を仰ぎ見る。どこか遠い目をしていた。

「皆、どうしているのでしょうか。元気にしているのでしょうかね。伊達家の者と喧嘩となった男は病で死んだと聞きましたが……」

途方に暮れたような顔で平兵衛が富士太郎を見つめてきた。

「——ああ、そうだ」

なにか思い出したように平兵衛がいった。

「どうされました」

「伊達家との諍いが評定所の扱いとなったとき、最初は我が家に非なしと漏れ聞こえていたのですが、定岡内膳さまによれば、審議が進むにつれ我が家の不利に傾いていったとのことで、家中の空気はいっぺんに重いものになりました。まったくいったいなにがあって、ひっくり返ったか、それがしは悔しくてなりませんでしたよ」

「さようでしたか」

富士太郎にはほかになんともいいようがなかった。すぐに腹に力を込めて、竹内どの、と呼びかけた。

「山梨石見守さまは、まちがいなく亡くなったと思われますか」

知りたかったことを、富士太郎はずばりときいた。

えっ、と平兵衛が驚きの声を発する。

「樺山どのは、我が殿が生きているかもしれぬ、とおっしゃるのですか」

「考えられないことでしょうか」

うーむ、と平兵衛がうなる。

「それがしはそのようなことは、これまで一度たりとも考えたことはありませんでした。我が殿が生きておられるか。しかし、下屋敷の焼け跡から焼死体が出ています。樺山どのは、誰か我が殿の身代わりになった者がいるのではないか、とにらんでおられるのですか」

「にらんでいるというほどではないのです。ただ、そういうことも考えられるな、という程度なのですが」

「さようですか」

平兵衛がうつむき、沈思《ちんし》する。

「それがしにはわかりませんな。我が殿の身代わりになるような者も思いつきませんし」

平兵衛は、いい殿だったといったが、山梨石見守は家臣たちにあまり人望がなかったのかもしれない。殉死した者も一人もいないようだ。

もっとも、家を取り潰しに追い込んだ主君に対して、家臣たちは怒りしかなかったのかもしれない。

「あの、竹内どの」

富士太郎は控えめに呼びかけた。

「なんでしょう」

「山梨石見守さまの人相書を描きたいのですが、力を貸していただけますか」

「樺山どのは、本当に我が殿が生きておられると思っていらっしゃるのですね」

「思っているのではなく、調べを尽くそうという気持ちだけですよ」

「なるほど。わかりました。協力いたしましょう」

珠吉が、矢立《やたて》と紙を富士太郎に差し出してきた。受け取った富士太郎は、紙を畳の上に広げた。

「それでは描きにくいでしょう。ちょっと待っていてください」

客間の外に出ていった平兵衛がすぐに戻ってきた。

「これをお使いください」

平兵衛が富士太郎の前に置いたのは、手習子が使っている天神机《てんじんづくえ》である。

「ありがとうございます」

礼をいって富士太郎は天神机の上に紙を改めて置いた。筆を手に取る。

山梨石見守の顔の特徴をききながら、富士太郎はすらすらと筆を進めていった。

四半刻後、手応えのある人相書ができあがった。これならきっと捜し出せるのではないか、という確信が持てる出来だった。

富士太郎はそれを平兵衛に見せた。人相書を手にした平兵衛が目を落とす。

「お上手ですなあ」

平兵衛が感嘆の声を発した。

「まるで、我が殿がそこにいらっしゃるかのようですよ」

いつしか平兵衛の目尻に涙が浮いていることに、富士太郎は気づいた。

平兵衛が目を閉じ、まぶたを揉んだ。

「我が殿が生きていらっしゃったら、どんなに喜ばしいことか」

平兵衛が胸中を吐露するようにいった。その声はわずかに震えを帯びていた。

名残惜しそうに平兵衛が人相書を返してきた。それを受け取り、富士太郎は丁寧に折りたたんで懐にしまい入れた。

この人相書をもとに、とりあえず縄張内の聞き込みをしていくつもりでいる。

山梨石見守を捜し出す。

その気持ちで富士太郎の心は一杯である。

方だ。

二

朝靄が漂っている。

夏だというのにひんやりとしている。まるで一足早く秋がきたかのような冷え方だ。

「ちと涼しいな」

肩を揺すって直之進は振り返り、少し後ろを歩くおきくを見つめた。

「でも、体はだいぶあったまってきました」

おきくが笑みを浮かべていう。

「だいぶ歩いたからな。直太郎はどうしている。眠っているのか」

首をねじって、おきくが自らの背中を見る。

「ええ、ぐっすりですよ」

おきくが満足そうにうなずく。

「相変わらずよく眠る子だ」

「本当ですね。でも眠っていてくれると、こちらもいろいろなことができて、ありがたいですよ」

「そうだろうな。直太郎は親孝行な子だ」

「本当です」

おきくがくすりと笑う。その笑顔は相変わらず輝くようで、直之進は我が妻ながら、見とれそうになった。

「おきく、先ほどの話だが――」

我に返り、直之進は水を向けた。

「はい。私が駕籠《かご》の主に、じっと見られたことですね」

「そうだ。もう一度きくが、その駕籠は武家屋敷に入っていったのだな」

「はい、まちがいありません」

いま直之進たちは小日向東古川町《こひなたひがしふるかわちょう》の米田屋に向かっている最中だが、その道すがら、思い出したようにおきくが話したことがある。

十日ばかり前のことだ。直太郎をおんぶして近くの下谷坂本町《したやさかもとちょう》に買物に出たとき、一挺の駕籠が目の前で止まり、引戸が開いたという。

そこから凝視してくる目を、おきくは感じたそうだ。怖くてならず、おきくはあわてて走り出した。

半町ほど走って振り返ると、その駕籠はなにもなかったように動き出していた。

息を詰めるようにして立ち尽くし、おきくが駕籠を見送っていると、道の右側にある武家屋敷に入っていったのが見えたという。

「駕籠は留守居駕籠のような立派なものだったのだな」

「はい、黒塗りの屋根がついておりました」

相当の身分の者であるのはまちがいない。その者がおきくを見初《みそ》め、我が物にしたいと考えて、亭主に刺客を送ってきたというようなことはないだろうか。

戦国の昔ならそういうこともありそうだが、今のこの太平の世で、そんな無茶なことを考える者がいるとは思えない。

しかし調べる必要はあると直之進は感じている。

「おっ、見えてきたぞ」

前を向いた直之進の視野に入り込んだのは、米田屋である。

まだ店に暖簾はかかっていない。今は朝の六つ過ぎという頃だが、琢ノ介が倒れる前は、この刻限なら店を開けていた。

だが、あと数日で、きっと店は開くようになるはずだ。直之進は、それが待ち遠しくてならない。

米田屋が近づくにつれ、直之進の心には、おきくたちに対するすまなさが募ってきた。

「それにしても、おきく、まことに申し訳ない仕儀になった」

米田屋を目指しつつ直之進は妻に謝った。

「なにを謝られるのですか」

おきくが首をかしげてきく。

「昨日、俺が黒覆面の男を取り逃がしたせいで、おきくと直太郎には迷惑をかけてしまった。米田屋にもな」

「いえ、それはもしかすると私のせいかもしれません」

「いや、昨日、俺が捕らえておけばこんなことにはならなかったのだ」

言葉を切り、直之進は唇を嚙み締めた。そんな直之進をおきくはじっと見ている。

「このあいだも、おきくは撫養知之丞に、俺を襲うように術をかけられたばかりだ」

夫婦のあいだに秘密は持ちたくない。撫養の術のことは黙っておくつもりだったが、直之進は考え直し、そのことを結局、おきくに話したのだ。

そのとき、おきくは強い衝撃を受けたようだが、今はもう立ち直っている。

「俺は、おきくと直太郎に安穏《あんのん》な暮らしを送らせてやりたい。そのための亭主ではないか。だが、それがまったくできておらぬ。俺は申し訳なくてしようがない。おきくも気が休まる暇がなかろう」

「いえ、そのようなことはありません」

首を横に振って、おきくがきっぱりと否定する。

「あなたさまと一緒になって以来、私の心はいつも穏やかですよ。どんなことがあっても、あなたさまが守ってくださいますから」

おきくの気持ちがはっきりと直之進に伝わってきた。

——この俺のことを、それほどまでに信用してくれているのか。

直之進は胸が一杯になり、おきくを抱きしめたくなった。

だが、大勢の者が行きかう路上でそんな真似ができようはずがなかった。

「俺は、おきくを妻にして本当によかったと思う」

「私もあなたさまの妻になれたことは、まさに一生の喜びです」

おきくが穏やかな笑みとともにいった。

刺客を捕らえるまで、この美しい妻やかわいい倅の二人としばらく離れなければならぬ。そのことが、直之進には耐えがたい思いとなっている。悔しさが心を突き上げる。

くそう、幸せをぶち壊しおって。

昨日の黒覆面の刺客に対して、怒りがふつふつとわいてきた。とにかく一刻も早く刺客を捕らえ、おきくたちとの平和な暮らしを取り戻さなければならない。

その決意を胸に直之進は歩を進めた。

米田屋に着いた。ここに来るまで身辺の警戒を怠ることはなかったが、結局、襲ってくる者はなかった。

直之進は、かたく閉まっている戸口の前に立った。横にそっとおきくが控える。

こちらを害そうとする者の気配が付近にないことを確かめてから、直之進は戸を叩いた。

少し間が空いたが、中から女の声で、はい、と応《いら》えがあった。

「お姉ちゃん」

すかさずおきくが呼びかけた。

あの声は、と直之進は思った。おあきどののものか。

おあきは琢ノ介の妻である。心の臓の病で倒れた琢ノ介が死の淵からよみがえったのも、おあきの献身的な看病があったからこそだろう、と直之進は思っている。

「その声は、おきくちゃんね」

すぐにさるが外される音がし、くぐり戸が開いた。おあきが顔をのぞかせる。

「いらっしゃい」

おあきが笑みをこぼす。

「さあ、入って」

一礼して直之進たちは米田屋の土間に入り込んだ。外よりも、さらにひんやりしていた。おあきが静かに戸を閉める。

「どうしたのですか、こんなに早く」

おきくにおぶわれている直太郎をじっと見てから、おあきが直之進にたずねた。

一歩前に出て、直之進はわけを説明した。

「えっ、直之進さん、また襲われたのですか」

また、という言葉が直之進の胸に刺さる。

「あっ、ごめんなさい。私、今いらぬことをいってしまいました」

「いや、かまわぬ。本当のことゆえ」

「直之進さん、怪我は」

おあきが気遣う。

「幸いにもどこも」

「それはよかった」

手を合わせておあきが小さく笑った。

その笑顔がおきくによく似ていた。姉妹だから当たり前なのだろうが、直之進にはそのことがとてもうれしく感じられた。

直之進が襲われたことを聞いて、おあきはなぜ直之進たちが早朝にやってきたか、なにもいわずともわけを察したようだ。これまでもおきくと直太郎を預けることはあったので、慣れっこになっている様子である。

「義姉上《あねうえ》、琢ノ介はどうしていますか」

直之進はおあきにきいた。

「今はまだ布団の上ですけど、もうじき床も上がるでしょう。すこぶる元気ですよ」

「それはよかった」

さすがに安堵の思いがわき上がる。直之進たちは家に上がり、廊下を進んだ。

「あなたさま、直之進さんたちがいらしてくれました」

おあきが襖をそっと開ける。

布団の上に琢ノ介は起き上がっていた。琢ノ介に抱かれるようにして、祥吉《しょうきち》がちょこんと座っていた。

「おう、直之進。よく来た」

満面に笑みを浮かべて琢ノ介が手招く。直之進は敷居を越え、部屋に入った。

「元気そうだな」

直之進は琢ノ介のそばに座した。おきくも直之進の後ろに端座した。

「直之進おじさん、おきくおばさん、おはようございます」

祥吉が丁寧に挨拶してきた。直之進も、おはよう、と返した。おきくも、おはよう、と頭を下げた。

「祥吉はおとっつぁんが好きなのだな」

「うん、大好き」

飛びつくようにして祥吉が琢ノ介の胸に顔をうずめる。

まるで実の子のようではないか、と直之進は思った。実際には、祥吉はおあきの連れ子で、琢ノ介とは血のつながりはない。だが二人には、実の父子以上の絆の強さを感じる。

琢ノ介が病に倒れ、まだ昏睡中のときだった。雄哲が治療を施している最中、琢ノ介の息が止まったことがある。ご臨終です、と雄哲が宣したそのとき、祥吉が激しく泣いて大声をあげたことで、琢ノ介の息が再び通ったということがあった。心のつながりが深いからこそ、あのような奇跡が起きたのだろう。

「直之進、早いな、どうした」

「実はな――」

直之進は事情を語った。

「また襲われたのか。さすが直之進としかいいようがないな」

琢ノ介が感心したようにいった。

「別に、俺だって望んで襲われているわけではない」

「それはそうだな」

琢ノ介がまじめな顔になる。

「なるほど、それでおきくと直太郎を預かれ、というのだな」

「頼めるか」

「むろんよ」

琢ノ介は快諾してくれた。声にだいぶ張りが出てきている。

「だいぶよさそうだな」

「うむ、おかげさまでな」

「よくここまで持ち直したものよ」

「皆のおかげだ」

「あの程度でくたばるたまではないのはわかっていたが、一度、息が止まり、雄哲先生が臨終を告げたときには、こちらの心の臓が止まったよ」

「わしが息を吹き返したのは祥吉のおかげだったらしいな。祥吉はわしの命の恩人よ」

琢ノ介が祥吉を強く抱きしめた。

おきくが部屋の外からおあきに呼ばれ、座を立った。

それを見送った直之進はすぐに琢ノ介に目を戻した。

「それで、今度は誰に襲われたのだ。心当たりはあるのか」

祥吉の頭をなでつつ、琢ノ介がきいてきた。

「いや、ない」

すぐさま直之進はかぶりを振った。

「いや、一つあるといえば、あるな」

「なんだ、なにやら意味深長な口ぶりだな」

「おきくだ」

「なに」

琢ノ介が目をぎろりとさせた。

「おきくがどうしたというのだ」

軽く息を入れてから直之進は語った。

「ほう、そのような駕籠がおったのか。太平の世といえども、人の妻をかすめ取ろうと馬鹿なことを考える輩がいても、決して不思議ではないな」

「琢ノ介はあり得ると思うか」

「ああ。こちらが思っておらぬことを考えつく愚か者は、この世に山ほどおるからな。それになにより、直之進には他に狙われる心当たりがまったくないのだろう」

「ああ、熟慮したが、まったくわからぬ」

「だとしたら、いま考えられる筋を手繰《たぐ》っていくのが、刺客にたどり着くのに最も手っ取り早い手立てであろうよ」

琢ノ介のいう通りだ、と直之進は思った。迷いがふっと消え、心が軽くなった。

「ふむ、心が決まったようだな」

直之進を見て琢ノ介が小さく笑う。

「琢ノ介のおかげだ」

「そうか、それは重畳《ちょうじょう》」

琢ノ介が満足そうにいって、すぐに続けた。

「ところで直之進、腹は空かぬか」

「琢ノ介、朝餉《あさげ》のことをきいているのか」

「わしたちはこれからだが、よければ食べていかんか」

「実は秀士館で済ませてきたのだ」

「なんだ、そうだったか」

琢ノ介は残念そうだ。直之進といろいろと語り合いながら一緒に食べたかったのかもしれない。

「琢ノ介、すまぬな。今はときが惜しい」

「うむ、寸刻を争うというやつだな」

琢ノ介が納得顔でいった。

「その通りだ。なにしろ倉田にも迷惑をかけているからな」

「ああ、そうか。直之進が探索に出るということは、倉田に秀士館の道場を任せるということになるのだな」

「俺の師匠でもある川藤どのがいらっしゃるといえども、やはり俺がおらぬと、倉田にかかる負担は増えるゆえ」

「ならば、一刻も早く刺客を捕らえなければならんな」

「そういうことだ。では琢ノ介、俺は行くぞ。元気そうな顔が見られて力が湧いてきたぞ」

「そうか、それはよかった。直之進、がんばってくれ。わしはまだこの有様だ。力になれずすまぬな」

「なに、じっくり静養しておれ。無理をして、ぶり返すのがいちばん怖い」

「うむ、歯ぎしりしつつも、じっとおとなしくしておるよ」

「それがよい」

直之進はすっくと立ち上がった。祥吉にも別れを告げる。

台所に行き、直之進はおきくとおあき、そしておきくと双子のおれんにも出かける旨を伝えた。

「あなたさま、これを」

おきくが竹皮包みを手渡してきた。

「朝餉は済ませてきましたけど、きっと探索の途中でおなかが空くでしょうから。これはお姉ちゃんにいわれて、つくったのだけど」

おきくがちらりとおあきを見る。

「義姉上、心遣い、まことにかたじけない。おきく、ありがとう」

ずしりとした竹皮包みを手ぬぐいに包み、直之進は腰に結わえ付けた。

「腹が空いたら、すぐにかぶりつけるのは本当にありがたい」

おきくたちの見送りを受けて、直之進は外に出た。下谷のほうに向かって歩き出す。

必ず捕まえてやる。

その決意はどんなことがあろうと、決して揺らぐことはない。

そのことを直之進はよく承知している。

下谷坂本町に着いた。

この町におきくは買物に来て、留守居駕籠のような立派な駕籠の主に、粘つくような目で見られたのだ。

やはり、と直之進は思った。琢ノ介のいうようにそのとき駕籠の主がおきくに横恋慕《よこれんぼ》したのかもしれぬ。そして、おきくを我が物にしようとして、この俺に襲いかかったのではないか。むろん、駕籠の主と刺客は別の者だろう。

なんとも考えにくいが、確かに世の中には常軌を逸した者はいくらでもいる。こちらが当たり前と思っても、それがそうでないと考える者は少なくないのだ。

直之進は、駕籠が入っていったという武家屋敷へと赴いた。武家屋敷がどこにあるかは、おきくからしっかりと聞いている。

――ここだな。

直之進は足を止め、屋根付きの立派な長屋門を見上げた。

――うむ、まちがいない。

おきくは門のそばに竹が何本か立っていたといっていた。孟宗竹《もうそうちく》が天に向かってまっすぐ伸びている。門は開いておらず、長屋側の小窓のところにも人の気配はない。

誰もおらぬのかな。

心中で直之進は首をひねった。

いや、そのようなことはない。屋敷内には人の気配がある。直之進の鼻は敏感にそれを嗅ぎ取っている。

——この屋敷の者が俺を襲ったのか。

忍び込みたい衝動に駆られる。しかし、なんの証拠もないのに、そうするわけにはいかない。

いや、証拠をつかむために忍び込むのではないか。

駄目だ。今はいかぬ。いずれ確証を持ち得たら、忍び込むというのも一つの手だ。

そのことを直之進は自らにいい聞かせた。

ふと、横合いから若い百姓が一人、籠を担いで足早に歩いてきた。直之進を認め、会釈して通り過ぎようとする。

道を横切って直之進は、その百姓に歩み寄った。いきなり得体の知れない侍に近づかれて、百姓がぎくりとする。

「驚かせたか。すまぬな」

直之進は穏やかな声で謝った。

「あっ、いえ、なんでもありません」

若い百姓があわててかぶりを振る。直之進は笑みを浮かべ、百姓をじっと見た。

「ちときくが、ここはどなたの屋敷かな」

背後の屋敷を示してたずねた。

「ああ、こちらですか」

若い百姓がほっとしたようにうなずいた。

「伊沢《いざわ》さまの下屋敷でございますよ」

「ずいぶん広そうな屋敷だが、伊沢というのは何者かな」

「お旗本でございますよ」

「ほう、直参か」

直之進は改めて長屋門を見上げた。

「当主はなんという名か知っておるか」

「ええと、伊沢要一郎《よういちろう》さまとおっしゃったと思います」

この世に旗本などごまんといる。名を聞いたことがないのは当たり前だろう。

「当主はなにか役に就いているのか」

「いいえ、詳しいことは存じませんが、無役ではなかったでしょうか」

無役ならば、内情は苦しいかもしれない。

「おぬし、当主の要一郎どのとやらの評判を聞いたことはないか」

「いいえ、あまり……」

若い百姓は言葉を濁した。

その表情を見て直之進は、このあたりでの評判はあまりよくないのかもしれない、と直感した。このことはこの百姓にきかずとも、調べれば判明するにちがいない。

「おぬし、左手の甲にあざがある者をこの屋敷の家臣で知らぬか」

「い、いいえ、存じませんが……」

若い百姓は戸惑ったようにかぶりを振った。今すぐにでもこの場を離れたがっている。

この百姓にも、もちろん仕事がある。いつまでもこうして話をきき続けるわけにはいかない。直之進は若い百姓を解き放つことにした。

「済まなかったな。これで終わりだ。行ってくれてよい」

「は、はい。ありがとうございます」

籠を担ぎ直した若い百姓は、直之進に頭を下げるや、それまで以上に足早に歩きはじめた。あっという間に直之進の視野から去っていく。

ならば、じかに当たってみるか。

即断し、直之進は長屋門に歩み寄った。答えてくれるかわからなかったが、この屋敷に手の甲にあざがある者がいるか、きくことにしたのだ。

と思ったら、門内に人の気配が動いた。

——誰か出てくる。

直之進は、さっとあとずさって、長屋門と距離を置いた。道の反対側に立つ欅《けやき》の大木の陰に身を隠す。

くぐり戸のさるが外される音が直之進の耳を打った。直後、くぐり戸が開き、一人の侍がのそりと出てきた。

——おっ。

直之進は目をみはった。

くぐり戸を出てきた侍は、昨日襲いかかってきた者と背格好が酷似しているのだ。ただし、浪人のような身なりではなく、羽織袴を身につけている。供らしい小男が侍のそばにつき、先導をはじめた。

あの男でまちがいないのではないか、と直之進は思った。よく見れば、腰の刀の拵えも同じような気がする。

見れば見るほど、あの襲撃者としか思えなくなってくる。

侍とその供は、道を東に向かって歩きはじめている。

欅の陰を出た直之進は十間ばかりを隔てて慎重にあとをつけた。

あの侍は伊沢家の家臣とみて、まちがいあるまい。

どこに行くのか、侍とその供は話をすることなく淡々と道を進んでいる。

ちょうど道が武家町に入り、人けが絶えた。この機を逃さず、直之進は歩調を速め、侍の背後に近づいていった。

気配を消すような真似はしなかったので、侍が直之進に気づき、さっと振り向いた。

まともに目が合った。

顔色を変えるのではないか、と直之進は期待した。

だが、直之進を見ても、侍は平然としている。何者か、という目で直之進を見ている。

供の者は侍が足を止めたことに気づかず、少し進んでからあわてて立ち止まった。

直之進は侍をじっと見た。どこか陰を背負っているような男だな、直之進はそんな印象を抱いた。

見つめ続けているうちに、どうやら心に深い傷を負っているのではないか。そんな気がしてきた。

「なにか用かな」

直之進を見据えて侍がきいてきた。歳は四十前後というところか。両肩の張りなど、やはり昨日の刺客とそっくりとしかいいようがない。

直之進は力むでもなく自然に侍にきいた。

「ちとぶしつけで申し訳ないが、おぬしとは初めて会うのだろうか。見覚えがあるお方に思えたので、声をおかけしようとしたのだが」

「おぬしのことは存じ上げぬ。こたびが初めてだな」

侍が素っ気なくいった。

「まことそうなのか。昨日、会うておらぬか」

「昨日だと」

侍が首をひねる。

「いや、会っておらぬな」

「そうか、会っておらぬか」

「用は済んだか」

「いや、まだだ」

「まだあるのか」

うんざりした様子で侍が眉根を寄せた。

「早く終わらせてくれぬか」

「左手の甲を見せてもらえぬか」

直之進はずばりといった。

「左手の甲といわれたか」

「さよう。見せていただけぬか」

「なにゆえそのようなことをいわれるのかな」

「人を捜しておるゆえ」

「おぬしが捜しているその者は、左手の甲にあざでもあるのか」

「さよう。顔は知らぬ。左手の甲のあざだけが唯一の手がかりだ」

「仇かなにかか」

「そんなものだ」

「よかろう」

侍はあっさりと応じ、左手を差し出してきた。

息をのんで直之進は見守ったが、すぐに、むっ、と声が出た。

侍の左手の甲にあざはなかったのだ。よく鍛えてあるが、色白のきれいな肌をしていた。

人ちがいか。

「申し訳ない」

こうべを垂れ、直之進は謝った。

「気は済んだかな」

直之進は顔を上げた。

「もう一つよいかな」

「よかろう。ついでだ」

「おぬし、左手の甲にあざがある者に心当たりはないか」

「ないな」

侍は一考することなく答えた。

「役に立てず、済まぬな」

「おぬし、兄弟はいるのか」

直之進は新たな問いをぶつけた。

「いや、おらぬ」

「一人っ子か」

「兄がいた。だが、とうに亡くなっておる」

「それは済まぬことをきいた」

「いや、もう昔のことだ。思い出すこともなくなっていた。——では、これでな」

「もう一つききたい。おぬしの名だ」

侍が顔をゆがめ、直之進をじっと見た。

「では、おぬしから先に名乗ってもらおうか」

「承知した」

直之進は告げた。

「おぬし、俺の名を耳にするのは初めてか」

「むろん。初対面だからな」

果たしてそうなのか。あざがないとはいえ、直之進の疑いは消えない。

直之進は男の顎を見つめた。昨日、直之進の肘が男の顎を捉えた。その痕はないか。

一見したところ、肘が当たったような痕跡はなかった。

「それでおぬしの名は」

「わしは桶垣《おけがき》郷之《ごうの》丞《じょう》という」

桶垣という珍しい名を、直之進は頭に叩き込んだ。

「桶垣どの、肩を見せてもらえぬか」

「肩だと」

形勢が逆転し、逃げようとする刺客を追った直之進は、背後から肩をがっちりとつかんだ。そのとき爪が立ったのを、はっきりと覚えている。

その爪の跡は、さすがに残っているのではあるまいか。

「往来で諸肌を脱げと申すか、無礼な。そこまでおぬしにする必要はなかろう」

憤ったように桶垣がいった。

「わしにも用がある。その用事に遅れるわけにはいかぬ。いつまでもおぬしに付き合ってはおれん」

仕方あるまい。直之進は足を止めさせたことを謝し、その場を離れた。

――刺客は桶垣ではないのか。

あの伊沢家の家臣は、昨日の襲撃にやはり関係しているのではないか。

直之進の中でその疑いは、桶垣郷之丞と会ったことでますます強くなった。

あの左手の甲のあざは、墨で書いたものではないのか。桶垣郷之丞は直之進の殺害をしくじるなどと考えてはいなかっただろうが、殺《や》らねばならぬ相手は秀士館の剣術指南役である。

万が一、し損じたときに備えて、こちらの目をくらまそうと、よく見える位置にわざとあざらしきものを描いたのではないか。

そして、下屋敷に帰り着くや、すぐに洗い流す。

あり得ぬ話ではあるまい。直之進は自らにいいきかせた。伊沢家から目を離すわけにはいかぬ。

十日ばかり前、駕籠の主から見つめられたおきくは、その後、伊沢家の家臣にあとをつけられたのだろう。

きっとそうにちがいあるまい。

伊沢家について、直之進はきっちりと調べてみることにした。

三

気合がほとばしる。

直後に打ちかかってきた。

竹刀が猛然と振られる。佐之助はそれを軽く弾いた。

それだけで門人の竹刀がはね上がり、胴に大きな隙ができた。

佐之助はそこに容赦なく竹刀を打ち込んでいった。

びしっ。小気味よい音が立ったときには、門人の体は後ろに吹っ飛び、どん、と音を立てて背中から床に落ちた。

門人たちが一様に息をのみ、道場内が静寂に包まれた。

「次の者っ」

佐之助は鋭く呼んだ。はっ、と若い門人が歩み出てきた。

「よろしくお願いします」

この若い門人は町人らしいが、強くなろうという意志を感じさせる。なかなか筋がよく、十年ばかり熱心に稽古を続ければ、佐之助も手こずるほどの腕前に成長するのではないか。

「よし、来い」

佐之助は竹刀を正眼に構えた。門人も同じ構えを取り、佐之助と対峙《たいじ》した。しかしそれきり若い門人は動かない。佐之助に魅入られたようになっている。

「かかってこぬのか」

佐之助は竹刀を上段に掲げた。そのまま前に、じりっと出た。一瞬、面の中の門人の顔に怯《ひる》みが走り、圧されたように後ろに下がりかけたが、思いとどまったようだ。

どうりゃあ。気合を発するや、勢いをつけて突っ込んできた。

佐之助を間合に入れ、若い門人は胴に竹刀を振ってきた。意外な鋭さを秘める斬撃ではあったが、佐之助には緩慢な動きにしか見えなかった。佐之助の竹刀が目にも止まらぬ早さで打ち下ろされた。

ばん、と激しい音が立ち、門人の竹刀が床を打った。門人がその反動を利して竹刀を返し、佐之助の逆胴に打ち込んできた。

あっ、と佐之助の口から声が出た。

むろん、その竹刀をかわせないからではない。この竹刀捌きに見覚えがあったからだ。

あの永井孫次郎という男に会ったのがいつなのか、不意によみがえってきた。

ばしん、と佐之助は門人の竹刀を打ち返した。竹刀を握る門人の両手が横に流れ、がら空きになった左の小手がくっきりと見えた。そこをめがけて佐之助は竹刀を振った。

ばしっ、と音がし、門人の手から竹刀が落ちた。がらん、と床を転がる。

門人は呆然としている。おそらく佐之助の竹刀がまったく見えなかったのだろう。

佐之助は竹刀を拾い上げ、若い門人に手渡した。左手がしびれているにちがいない。

「大丈夫か」

「は、はい」

若い門人の佐之助を見る目には、畏敬《いけい》の色が浮いている。

「励め。おぬしは筋がよい」

「ありがとうございます」

若い門人がぺこりと辞儀した。

佐之助は次の門人と対した。門人が臆することなく打ちかかってきた。それを佐之助は打ち返した。

それから、じりじりしつつ稽古を続けた。

長いときを経て、ようやく午前の稽古が終わった。

ようやくか、と佐之助は思った。道場の端で門人たちと談笑している川藤仁埜丞のそばに歩み寄った。

「川藤どの」

呼ばれて仁埜丞が振り向いた。

「どうしたな」

「ちょっと用事ができました。午後の稽古を休ませていただきたいのですが」

「そうか、用事か。倉田どのは、先ほどからじりじりしながら稽古をつけておったゆえ、どうしたのだろうと思っておった。わかった、休むがよい」

——俺が焦れていたのが見えていたのか。

さすがに、尾張《おわり》徳川家一の遣い手といわれただけのことはある。

「はっ、まことに申し訳ないのですが」

「佐賀どのにも許しをもらうようにな。倉田どの、もしかすると、湯瀬どのが休んでいることと関係があるのか」

「いえ、湯瀬とは関わりはありませぬ」

いってから果たしてそうなのだろうか、と佐之助は考えた。

剣術指南役の控えの間で手早く着替えを済ませ、道場を出た。秀士館敷地内の大左衛門の暮らす家へと歩き出す。

あれは、と佐之助は思い起こした。俺が通っていた道場の対抗試合のときだ。ずいぶん前のことである。もう十年以上はたつのではあるまいか。

対抗試合の際、永井孫次郎とじかに竹刀をまじえたわけではない。

だが、孫次郎が繰り出す逆胴の鋭さに目をみはった覚えがあった。

大左衛門の家の前に立って訪いを入れると、下男の欽二《きんじ》が応対に出た。大左衛門は家にいるとのことだ。

秀士館ができて以来、と佐之助は思った。佐賀どのはほとんど他出しておらぬのではあるまいか。

奥の部屋で、大左衛門は一人端座して焼物の手入れをしていた。

欽二に案内された佐之助は、今から他出してもよいか、と大左衛門に許しを求めた。

上質そうな布で焼物を磨いていた手を止め、大左衛門が佐之助を見つめてきた。

「昨日出た白骨について、倉田どの、なにかわかったのかな」

「いや、そうではござらぬ」

佐之助は首を横に振った。

「ちと気になることを思い出したゆえ、確かめに行きたい」

「よかろう」

大左衛門が快く承諾してくれた。

「倉田どのも湯瀬どのも、なかなかお忙しい御仁だ。それがわかっておって、こちらも指南役をお願いしたのだ。他出は許さぬ、稽古をなにより優先させよなどといって、やめられたくはない。二人とも貴重な人材ゆえな」

「まことに申し訳ない」

佐之助は頭を下げた。

「いや、よいのだよ」

大左衛門が穏やかにいう。

「しかし倉田どの、できれば、早く用事を済ませてもらえるとありがたい」

「うむ、よくわかっている」

秀士館をあとにした佐之助が足を運んだのは、数寄屋橋《すきやばし》である。ここまでやってくるのに、およそ半刻はかかった。

目指すのは、南町奉行所の隣に建つ、阿波徳島《あわとくしま》の領主である蜂須賀《はちすか》家の上屋敷だ。

長屋門の脇にある小窓の前に立ち、佐之助は訪いを入れた。

小窓が開き、門衛らしい男の顔がのぞいた。佐之助は名乗り、用件を伝えた。

「倉田さまといわれたが、留守居役の犬伏田能助《いぬぶしたのすけ》さまにお目にかかりたいのですね」

門衛らしい男が確かめてきた。

「さよう」

佐之助は深くうなずいた。

「犬伏さまとはお約束をされておりますか」

「いや、しておらぬ」

「さようですか。では、申し訳ござらぬが、しばしお待ちあれ」

小窓が閉まり、門衛がそばに控えているらしい小者になにやら指示をしている声が漏れ聞こえてきた。それを受けて、小走りに人の気配が遠ざかっていく。

一本の線香が燃え尽きるくらいのあいだ、佐之助はその場でじっとしていた。暑い。太陽は頭上で燃え盛っている。それでも汗がだらだらと流れることはない。佐之助は気合で汗を抑え込んでいる。

ようやく小者が戻ってきた気配が伝わってきた。小窓が開き、門衛らしい者の顔が再びのぞいた。

「お待たせしました。犬伏さまがお目にかかるそうです」

「かたじけない」

くぐり戸が開けられ、佐之助はそれを通り抜けた。

「こちらにどうぞ」

小者らしい男に先導され、佐之助は母屋に上がった。大小とともに玄関で小者に預けた。

玄関近くの客間に連れていかれた。

すでに犬伏田能助は座していた。

「おう、倉田、よく来た」

笑みを浮かべて田能助が手招く。うむ、とうなずいて客間に入った佐之助は田能助の向かいに端座した。

「犬伏、過日は世話になった」

「撫養知之丞のことか。やつは獄門になったそうだな」

「ああ、なった。今頃は地獄でもがいているであろう」

「そうであろうな。人々をおのが思うがままに操《あやつ》り、公儀覆滅などという大罪を企図した報いであろう」

「その通りだ」

「それで倉田、今日はなんだ。撫養のことで来たわけではあるまい」

「うむ。道場のことで、ちときききたくてやってきた」

「道場のことだと。かつて我らが稽古に励んだ北山《きたやま》道場のことか」

「そうだ。対抗試合のことで聞きたいのだ」

「対抗試合か。ああ、あったな。毎年、春夏秋冬に、それぞれ四つの異なる道場と行っていた。懐かしいな」

「その四つの道場のどれかに、こんな男がいたことを覚えておるか」

佐之助は永井孫次郎の顔形を話し、さらに付け加えた。

「その永井孫次郎という男は、なかなかの遣い手だった。特に鋭かったのは逆胴だ。うちの道場の者が、何人もあの逆胴にしてやられたはずだ。俺は永井とは手合わせしておらぬゆえ、腕前をはっきりとはつかんでおらぬのだが、三度戦えば一度くらいは負けたかもしれぬ」

「そんなことはあるまい。おぬしが出ると、試合にならぬゆえ、止められていたではないか。うむ、逆胴の鋭い男か。確かに、そんな者がいたような気がするが……」

畳を見つめ、田能助はしばらく考え込んでいた。うむ、と顔を上げてうなずいた。

「永井孫次郎という名まで頭には残っておらぬが、確かに逆胴を得手《えて》とする男がいたな。道場の名はしっかと覚えておるぞ」

「まことか」

佐之助はわずかに前のめりになった。道場の名さえわかれば、永井孫次郎のことがきけるのではないか。

「その永井という者がいたのは、菊田《きくた》道場だな」

確信のこもった声で田能助がいった。

「ああ、そうだ。菊田道場だ」

佐之助も思い出した。

「かたじけない。その菊田道場はどこにあった。おぬし、覚えておるか」

「倉田、行くのか」

「そのつもりだ」

「菊田道場は潰れることなく今もあるはずだ。あれはどこだったたか」

眉根を寄せて田能助が考えはじめる。

「富坂新町《とみさかしんまち》だな」

顔を上げ、田能助がまちがいないといった顔でいった。

「そうか、富坂新町だな。助かる。よく思い出してくれた」

「倉田、その永井孫次郎という男がどうかしたのか」

関心を抱いた顔で田能助がきいてきた。

「ちょっと気になることがあったゆえ、調べておるのだ」

「気になることの中身は、教えてもらえぬのだな」

「すまぬ。今はいえぬのだ」

「いや、謝るようなことではない。だが倉田、またいずれ教えてくれ」

「承知した」

「待っておるぞ」

「うむ、約束だ」

田能助に深く礼をいって、佐之助は足早に菊田道場に向かった。

半刻とかからず富坂新町に入る。

菊田道場の場所はすぐに知れた。

夏の盛りの昼間だというのに、見物の町人たちが連子窓《れんじまど》に群がっていたからだ。

ここで永井孫次郎のことをきかねばならないが、話をしてくれる者を見つけられるだろうか。

とりあえず佐之助も町人たちにならい、連子窓から中をのぞいてみた。

即座に、おっ、と声が出た。

驚いたことに、道場内に永井孫次郎がいたのだ。竹刀を手に門人たちのあいだをまわり、いろいろと指導している。

どうやら師範代らしい。見ていると、なかなかうまい教え方をしているように感じた。門人たちもなついているようだ。

それにしても、菊田道場はかなり大きな道場だ。いま道場内で稽古をしているのは、五十人では利かない。これで夕刻になれば、さらに稽古にやってくる門人は増えるだろう。門人は総勢で、三百人以上は優にいるのではないか。

これほど大きな道場で腕を見込まれて師範代をしているのなら、実入りも悪くなかろう。

それでも、秀士館の剣術指南役がうらやましいのだろうか。

――さて、どうするか。

佐之助は思案した。菊田道場を訪問し、永井孫次郎に会ったところで、なんの話も聞けまい。昨日と同じでしかないだろう。

それならば、と佐之助は思った。孫次郎について事情を少しでも知っていそうな者を見つけ、話を聞いたほうがよい。

そう判断した佐之助は道場の外に立ち、それらしい者が出てくるのをじっと待った。

何人か門人は出てきたが、ぺらぺらと話をしそうな者はいなかった。佐之助は黙って、そういう者たちを次々に見送った。

やがて、一人の若者が外に出てきた。二本差の侍である。

佐之助は連子窓から見て、その侍のことは覚えていた。外から見た限りではあまり筋はよさそうではなかったが、熱心に稽古に励んでいたのは確かだ。

面をかぶっているときはわからなかったが、かなりの赤ら顔だ。どうやら酒好きのようだ。

まだ二十歳を過ぎて間もないだろうに、あれだけ赤みを帯びた顔をしているのも、そうはいないのではないか。

この近くの御家人か、少禄の旗本の部屋住というところだろう。

話を聞くのに、うってつけではないか。

佐之助は胸中でうなずき、道場から半町ばかり離れたところで、もし、と声をかけた。

えっ、という感じで若い侍が振り向く。のっぺりとした赤ら顔が佐之助をまじまじと見た。

「それがしになにか御用でござるか」

実は、と佐之助は若い侍にいった。

「それがしは菊田道場に入門を考えておる者だが、これまでまったく知らぬ道場ゆえ、やはり不安がないわけではない。それで菊田道場の門人に話を聞こうと思い、呼び止めさせてもらった」

「ああ、お気持ちはよくわかりますよ。どんな話を聞きたいのでござろうか」

「師範代はどんな人物で、どんな教え方をするお方かな」

「師範代は優しい人でござるよ」

笑顔で若い侍がいう。

「教え方は懇切丁寧で、とてもわかりやすいと存ずる」

「さようか。——ああ、こんなところで立ち話というのも不粋だ、暑気《しょき》払いに一杯やりながら話を聞きたいのだが、近くに心当たりがあるかな」

「おっ、酒でござるか。いいですなあ」

相好《そうごう》を崩した若い侍が舌なめずりをする。

「もちろん、心当たりはござるよ。もう昼を過ぎてだいぶたつゆえ、我らに酒を飲ませるために手ぐすね引いておる店がたくさんござる」

「それはよい。代は、それがしが持たせてもらおう」

「えっ、おごりでござるか」

若い侍が顔を輝かせる。

「もちろんだ」

「それはうれしいなあ。それがしは見ての通り、貧乏御家人の部屋住ゆえ、あまり持ち合わせがないもので……」

若い侍は岸田信作《きしだしんさく》と名乗った。佐之助も名乗り返した。

連れていかれたのは、信作の馴染《なじ》みらしい佐々川《ささがわ》という煮売り酒屋である。

煮染めたような色をした暖簾が下がっており、店からは魚を焼いているらしい煙が勢いよく出ていたが、店内に客はほとんどいなかった。

広めの三和土に四つの長床几《ながしょうぎ》が置かれ、ほかには小上がりが二つあるだけの店だ。

「小汚い店にござるが、つまみの味はなかなかのものにござる」

小上がりに座り込んだ信作が、手慣れた様子で酒とつまみを、ばあさんに注文していく。

「肴《さかな》はあとでいいから、先に冷やを持ってきてくれ。喉が渇いてしようがない」

信作がいうと、すぐに酒がやってきた。

「ああ、来た、来た」

信作はうれしそうに手をこすり合わせた。

「まずは一献《いっこん》」

片口《かたくち》を手に取り、佐之助は信作の持つぐい呑みに酒をなみなみと注いだ。

「おう、これはうまそうだ」

「飲んでくれ」

佐之助は勧めた。

「倉田どのは」

「それがしは実は下戸《げこ》だ」

「えっ、下戸」

この世に酒が飲めない者がいるなど信じられないという顔で、信作が佐之助を見る。

「さようか。では、この片口の酒はそれがしが全部飲んでよろしいのか」

「むろん」

佐之助は次の酒を注文した。

「遠慮せずに飲んでくれ」

「生きていさえすれば、こんなこともあるのですなあ」

感動したらしい信作は嬉々として、ぐい呑みを次々に空けていく。飲みっぷりはなかなか大したものだ。

「ところで、道場の師範代は永井孫次郎どのでよろしいのだな」

「あっ、師範代の名をご存じでござったか」

「入門を考えるにあたり、そのあたりは調べさせてもらった」

「ああ、さようか」

信作が片口を空にした。注文しておいた酒がきた。それを信作に勧める。

信作が満面の笑みで酒を胃の腑《ふ》に流し込む。

「永井孫次郎どのは浪人かな」

佐之助は信作にきいた。

「ご浪人でござるが、生まれついての浪人ではないと聞いてござる」

「では、もともとはどこかの家中に仕えていたのか」

「さよう。山梨家の家臣だったはずにござる」

「山梨家……」

「倉田どのはご存じないか。四千二百石もの大身の旗本でござった」

ございたということは、と佐之助は思った。今はないのだろうか。それは取り潰しを意味するのか。

「それがなにゆえ永井どのは浪々の身になったのかな。自ら山梨家を致仕《ちし》したわけではあるまい」

「山梨家が取り潰しになってしまったと聞いております」

「なんと。それで」

平静な口調で佐之助は先をうながした。

「師範代はまだ若いお方でござるが、山梨家では家老だったそうにござる。父上が長く家老職を勤めていたため、跡を継ぐまでのあいだはずっと剣術に励んでいたそうにござるよ。父上が亡くなったあと、家老職に就いたのでござる」

不意に佐之助は、喉の渇きを覚えた。酒が飲みたいと思ったが、我慢し、ばあさんに茶漬けを注文した。

茶漬けは間を置くことなくもたらされた。

それをさっさと食べ終えた佐之助は信作にたずねた。

「山梨家はなにゆえ取り潰しになったのかな」

「それは、それがしも存ぜぬ」

酒をすすって信作が答えた。合間合間に肴をつまむなど、酒を飲む量は徐々に落ち着いてきている。赤ら顔がもっと赤くなっていた。

「取り潰しの理由など、さまざまありましょうからな。しかし、山梨家の取り潰しに関して驚かされるのは、当時の当主が下屋敷に火を放って自死したらしいことにござるよ」

まさか——。佐之助はたたみかける。

「その下屋敷とはどこにあったのかご存じか」

「あれは確か、日暮里だったような……」

では、と佐之助は驚いた。秀士館の前に建っていたのは、山梨家の下屋敷だったのか。

やはり、と佐之助は考えた。昨日出た白骨と永井孫次郎は関係あるのではないか。

ひょっとして、と佐之助はさらに思案を進めた。あの白骨の主を殺して埋めたのが孫次郎だったとしたらどうなる。木乃伊が出たと聞き、殺した相手の遺骸が出たと思い込んで、あわてて見に来たとしたら……。

だが、まったく予期していなかったものを目の当たりにすることになった。一気に気持ちが静まり、あんな冷めた目で本物の木乃伊を見ることになったのではないか。

まったく驚かせおって、というところか。

永井孫次郎は、喜与姫の祠近くから白骨が出たことはまだ知らないはずだ。

永井孫次郎は、あの白骨の主を殺した下手人なのか。

喉の渇きを再び感じつつ佐之助は考えた。

今はそうとしか思えない。

永井孫次郎はいったい誰を殺し、あの地に埋めたのだろうか。

第三章

一

伊沢家の当主である要一郎は、ひどく好色らしい。

伊沢家のことを調べたら、そんな噂があることを直之進は知った。

要一郎の噂はひどいものだ。女のことしか頭にない。病としか思えない。

二千八百石の大身ながら、無役で金に窮しているせいか、とてもせこいようだ。

要一郎は屋敷の女中に片っ端《かたっぱし》から手をつけているらしい。大身の旗本の殿さまのお手がつけば、ふつうは喜ばれるものだが、要一郎はあまりにせこいせいで、誰にも喜ばれない。

今は女中のなり手がほとんどおらず、家事に困っているという。

——思った以上にひどいものだな。

要一郎はそこいらから、気に入った女をかっさらっているのではないか、という気がしてならない。かっさらった上で、下屋敷で手込《てご》めにしているのではないのか。

駕籠の中からおきくに目をつけた当主の命で、邪魔者の亭主を亡き者にせんと、家臣の誰かが襲ってきたのではないか。

つまり真の狙いは俺ではなく、目当ては端《はな》からおきくだったのかもしれない。

おきくと直太郎を米田屋に預けたのは正しかった、と直之進は思った。

さらに噂によれば、伊沢家の台所事情はかなり逼迫《ひっぱく》しているらしい。

さすがに貧乏とまではいわないが、窮迫しているのは確かなようだ。

どうしてそんなに金がかかっているのか。

当主の要一郎が、焼物や掛軸に凝《こ》っているらしく、高価な物ばかりを、出入りの商人から購入しているというのである。

好色で高価な骨董《こっとう》好きの道楽者か、と直之進は思った。家臣たちは、かなり苦労しているのではないだろうか。

やはり主家を持つというのは大変だ。直之進自身、浪々の身であるように見えて、実は今も主家持ちといってよい。　駿州　沼里家から三十石の扶持が与えられているのだ。

——真興《さねおき》さまはお元気だろうか。

沼里城主である真興は、今は国元にいる。来年は参勤交代で江戸に出てくるだろう。そのときにまた会えよう。

真興のことを思い出したら、心が浮き立ってきた。

真興のような主君なら、仕えていて苦労はない。それどころか一緒にいて楽しいくらいだが、伊沢要一郎のような男では、うんざりするだけではないか。

その日によって、気分がころころ変わるような男という感じがしてならない。

鼻持ちならない主君なのではないか。

伊沢家の者たちがかわいそうでならなくなった。

いや、今は伊沢家の家臣に同情している場合ではない。それよりも自分のことだ。

この俺を襲ってきたのは、やはり桶垣郷之丞ではないだろうか。

まだ確信には至っていないが、そうとしか思えない。

女好きの伊沢要一郎に命じられた上での所行にちがいあるまい。狙いは、端からおきくだったのだ。

邪魔者の亭主など消してしまえばよい。そのほうが後腐れがない、と考えたのだろう。

下手に亭主を生かしておけば、必死に探索を行うに決まっている。なにしろ秀士館の剣術指南役である。

骨董が好きなら、伊沢要一郎は大左衛門のことも知っているはずだ。大左衛門の人を見抜く目の鋭さもわかっているだろう。

大左衛門に見込まれた者を生かしておくと、いつか必ず伊沢家のことを調べ上げるにちがいない。

そのことを伊沢要一郎は恐れたのだ。

恐ろしく乱暴なやり口としかいいようがないが、と直之進は考えた。もしあのとき桶垣郷之丞に俺が殺られていたら、いったいどうなっていたか。

おきくは秀士館から連れ去られ、伊沢家の下屋敷で要一郎の慰《なぐさ》み者にされていたはずだ。

秀士館から伊沢家の下屋敷まで、四半刻かかるかどうか。

しかもあたりは田畑や林などがほとんどだ。人目につかない田舎道などいくらずだ。

でもあるだろう。

それらの道を使って、桶垣郷之丞はおきくを下屋敷に連れていく算段だったは

もしおきくが連れ去られていたら、直太郎はどうなっていたか。

おきくから引き離され、この家に置き去りにされたのではないか。

泣かれるのを恐れ、桶垣郷之丞は殺していたかもしれない。

——ふむう、直太郎が殺されていたかもしれぬのか。

そのことに思いが至り、直之進はさすがにぞっとした。

——決して許さぬ。

直之進は、桶垣郷之丞を問い詰めたい衝動に駆られた。下手人は、桶垣以外に考えられない。しかしそれもこれも推測にすぎない。

なにか策はないか。いくら拷問したところで、あの男はなにも吐くまい。それだけの面構えをしていた。

伊沢要一郎や桶垣郷之丞を捕らえるためには、とにかく証拠が必要だ。

証拠をつかむにはどうしたらよいか。

座敷にごろりと横になり、腕枕をして直之進は考えた。

必死に頭を巡らせたが、いい手立ては思いつかない。

一人、座敷に寝転がり、呻吟《しんぎん》し続けた。

ふと直之進の脳裏に、妻を奪われた者がほかにおらぬのか、との思いが浮かんできた。かどわかしは、こたびが初めてのことではあるまい。

下谷坂本町の下屋敷周辺で姿を消した女がいるはずだ。確かめてみることにしよう。

直之進はすっくと立ち上がり、身支度をととのえた。両刀を腰に帯びる。

秀士館の敷地内にある家をあとにした直之進は、朝靄を突っ切って伊沢家の下屋敷にやってきた。相変わらず立派な長屋門が、あたりを睥睨《へいげい》するように建っている。

付近にはあまり人けはない。

左側から近所の隠居らしい年寄がのんびりと歩いてきた。

「ちとすまぬが」

声をかけ、直之進は話を聞いたが、女がかどわかされたという噂を年寄は知らなかった。

「すまなかったな」

年寄を解き放ち、次に納豆売りの行商人に話を聞いた。

だが、これも空振りだった。

次いで、買物に出てきたらしい女房をつかまえた。豆腐売りが来るのを待っているのか、空の鍋を持っている。

この女房は、同じ女として他人事でないこともあるのか、かどわかしの噂を耳にしていた。もっとも、女のほうが男よりも噂好きで、早耳ということもあるかもしれない。

目をわずかにぎらつかせた女房が声をひそめて直之進にいう。

「かどわかしというより、神隠しということになっているんですけど」

「ほう、神隠しか」

「ええ、これまでこの界隈《かいわい》で三人の女性《にょしょう》が行方知れずになっているんですよ」

「それはいつのことだ」

「ええと、最後の神隠しから、もう四年はたっているでしょうかね」

「四年前を最後に、神隠しはなくなったのか」

「小さな子供がいなくなってしまう神隠しは今もたまにありますけど、きれいな女性の神隠しは、ええ、四年前が最後ですね。おらくさんという人がいなくなってしまったあと、どういうわけか、ぱったりと神隠しはなくなりましたよ」

むう、と直之進は声を上げそうになった。

「神隠しに遭ったのは、きれいな女性だけだったのか」

「ええ、さようですよ。おらくさんも含めて、いずれも美人で評判の人ばかりでしたね。小町と呼ばれるような人でしたよ。ですから、私が神隠しに遭う心配はなかったですけどね」

「いや、そんなことはないぞ。おぬしほどの器量なら、気をつけなければならぬ」

実際、目の前の女房は、どこか翳《かげ》があるものの、なかなかの器量よしだ。

「いえ、そんなことはありませんよ」

否定してみせたが、まんざらでもないのか、目の前の女房はにこにこしている。

それにしても、と思った。三人の美しい女性がいなくなっていたのなら――。

直之進は贔屓目《ひいきめ》ではなく思った。やはりおといの刺客の狙いは、おきくだったのだろう。

この界隈を選んで女性をかどわかしていたのは、離れた場所から下屋敷まで連れ帰ると、誰かに見とがめられる恐れが大きくなるからではないか。

四年ものあいだ鳴りをひそめ、その後、また動きはじめたというのは、なにか理由があるのか。

きっとあるのだろう。それも調べていくうちに、判明するにちがいない。

「そのおらくさんの神隠しだが、この屋敷の主の仕業だといわれたことはないか」

直之進は長屋門に顎をしゃくった。

「ええ、ありましたよ」

ちらりと伊沢家の下屋敷に目をやって、女房がわずかにたるんだ顎を引いた。声をひそめて続ける。

「なにしろ女好きで評判のお殿さまですから」

「町方はおらくさんの神隠しを調べたのであろう」

「調べていましたけど、結局、なにも見つからなかったようですねえ」

四年前が最後の神隠しなら、と直之進は考えた。富士太郎さんはまだ見習で、探索には当たっていなかったのではないか。

もし富士太郎が探索していたら、結果は大きく変わっていたかもしれない。

「すまなかったな、長いこと話を聞かせてもらって」

直之進はねぎらいの言葉をかけた。

「いえ、あたしもお侍のような人と話ができて、うれしかったですよ。なにしろ、うちの亭主ときたら、いつも汚い形《なり》でむさいし、変なにおいをさせてるしで、一緒にいてうんざりするんですよ。お侍のようなこぎれいで顔立ちのととのっている人と話をするのは、久しぶりだったし、やはり楽しいですよ」

「それはよかった」

直之進は破顔した。女房もうれしそうにしている。

「お侍はなんというお名なんですか」

少し恥ずかしそうに女房がきいてきた。別に隠すようなことではなく、直之進は名乗った。

「湯瀬さまですか」

女房がうれしそうにほほえむ。

「あたしはけいといいます」

「おけいさんか」

「はい、さようです」

おけいが丁寧に辞儀する。

「じゃあ、これで失礼します」

顔を上げたおけいが、空の鍋を手に下げたまま未練ありげな顔でゆっくりと去っていく。

――豆腐屋は今日は来なかったのか。

感謝の思いとともにおけいを見送った直之進は、下屋敷とは道を挟んで反対側にある欅の大木に歩み寄り、身をそっと寄せた。

そのまま桶垣郷之丞が出てくるのを待った。

しかし、なかなか出てこない。ときだけが過ぎていく。

こうまで出てこないと、中に忍び込みたくなってくる。

――それとも、桶垣はおらぬのか。おらぬのなら、ここを去ったほうがよいが。

どうするか直之進は迷った。

動いても仕方ない。ここは我慢比べだ。やつが出てくるまで、俺は決してここを動かぬ。

じりじりと頭上まで昇ってきた太陽に焼かれているうちに、右手から見覚えのある二人の影が近づいてきた。

あれは、と直之進は思った。自然に頰が緩んでいる。

「富士太郎さん、珠吉」

欅の陰から二人を呼んだ。

「あれ、直之進さんじゃないですか」

富士太郎と珠吉が小走りに近づいてきた。二人はきっと秀士館の祠近くから出た白骨に関する調べで、このあたりまでやってきたのだろう。

「直之進さん、どうしてこんなところにいらっしゃるんですか」

「ちょっとその屋敷を張っているのだ」

「この屋敷ですか。ここは確か……」

「御旗本の伊沢さまの下屋敷じゃなかったですかい」

さすがに珠吉で、よく知っている。

「ああ、そうだったね」

うなずいた富士太郎が直之進に目を当てる。

「なにゆえ伊沢家の下屋敷を張っているんですか。直之進さんを襲った下手人がこの屋敷の者なんですか」

「えっ、まことですか」

うむ、と直之進は首を縦に動かした。これまでの経緯《いきさつ》を手短に説明する。

なるほど、と聞き終えて富士太郎がいった。

「狙いは直之進さんの命ではなく、おきくさんだったのかもしれないのですね」

「その通りだ」

直之進は富士太郎を見つめた。

「富士太郎さんと珠吉は、三人の女性が神隠しに遭ったという事件を知っているか」

「あっしは存じていやすよ」

直之進を見上げて珠吉がいった。

「加勢という形で探索に参加しました。でも結局、なにも見つけられなかったんですよ」

「この屋敷の主の仕業では、という噂は聞かなかったか」

「ええ、確かに聞きやしたよ」

唇を嚙んで珠吉が認める。

「でも、お旗本ですからね、町方がどうこうできる相手じゃありやせん」

「まったくその通りだな」

旗本を探索できる力を持っているのは、目付のはずだ。

「目付たちの調べはなかったのか」

直之進は珠吉にきいた。

「ありやしたよ」

直之進を見返して珠吉が目を光らせる。

「一度は御目付衆がこの屋敷に立ち入り、徹底して調べやしたよ。確証があったのだと思いやすね。御目付衆が調べるために屋敷に入るなど、よっぽどのことですから」

その通りだろうな、と直之進は思った。

「それで結果はどうだった」

伊沢要一郎は今も健在だ。確かめるまでもないことだったが、直之進はきかずにはいられなかった。

「どうも、この屋敷からは、なにも見つからなかったみたいですね。御目付衆は、かどわかされた女性の死骸を見つけようとしていたらしいですが」

「そうか、見つからなかったのか」

「御目付衆は無念だったと思いますよ」

うむ、と直之進は相槌を打った。

「珠吉、目付衆が女性たちのかどわかしに関して、この屋敷に調べに入ったのは、いつのことだ」

「さいですねえ」

下を向き、珠吉が首をひねる。

「あれは四年ばかし前じゃありやせんかね」

「そうか、四年前に目付の調べが入ったのだな」

「さいですよ。あっしの覚えにまちがいがなければ」

「珠吉の頭はしっかりしている。合っているだろう」

四年前の目付衆の立ち入りによる調べこそが、と直之進は覚った。伊沢要一郎が女のかどわかしをやめるきっかけだったのだろう。

それが今またはじまった。目付衆の調べから四年たち、ほとぼりが冷めたと判断し、再び暴挙に出たということか。

おきくの美しさを目の当たりにし、伊沢要一郎は、ついに欲望を抑えきれなくなったのかもしれない。

「直之進さん、それがしたちが力になれることはありますか」

真摯な表情で富士太郎が申し出た。

「いや、今のところはないぞ。富士太郎さんたちは仕事に戻ってくれ。白骨の一件にかかり切りなのだろう」

「ええ、おっしゃる通りです」

「なにか手がかりは見つかったか」

「手がかりというほどのことはないのですが、直之進さん、これを見ていただけますか」

懐から一枚の紙を取り出し、富士太郎が手渡してきた。人相書である。

それを受け取り、直之進は目を落とした。見覚えのない顔で丁寧な筆で描かれている。

「これは誰だ」

目を上げて直之進は富士太郎にたずねた。

「山梨石見守さまです」

直之進は首をひねった。

「知らぬな」

「秀士館が建つ前に、あの地に下屋敷を構えていた旗本ですよ」

えっ、という声が、自らの口をついて出たのを直之進ははっきりと聞いた。改めて人相書を見る。

「これが下屋敷に自ら火を放った人物か。しかし富士太郎さん、もうとっくに亡くなった人だというのに、なにゆえ人相書を持っているのだ。富士太郎さんたちは、山梨石見守が今も生きていると考えているのか」

「はい、そういうことです」

ためらうことなく富士太郎が顎を引いた。

「今のところ、生きているということを念頭に、探索を進めています」

「それはまた、すごいことを思いついたものだな。さすがに富士太郎さんだ」

「いえ、直之進さんに褒められるようなことではありませんよ。まったくの見当ちがいかもしれませんし」

「だが、富士太郎さんの勘はよく当たるからな。今回も当たっているのではないか」

「そうだとうれしいのですが」

「うむ、俺も山梨石見守について、心しておくことにする。もし手がかりをつかむようなことがあれば、必ずつなぎを入れよう」

「直之進さんにそういっていただけると、すごく力が出ますよ。よろしくお願いします」

富士太郎が深く頭を下げる。

「では、それがしたちはこれで失礼しますが、直之進さん、気をつけてくださいね」

「わかっている。これまで何度も危難をくぐり抜けたせいで、おのれが不死身ではないかと勘ちがいしそうになるが、所詮は生身《なまみ》だ。十分に気をつける」

「そうしてください。ではこれで」

名残惜しそうに富士太郎が歩き出した。珠吉も辞儀してから歩を進めはじめる。

もっと話をしていたかった直之進も、再び欅の大木の陰に身をひそめた。

その場に立ち、伊沢家の下屋敷に強い眼差しを注ぐ。

出てこい、と念じた。

その思いが通じたかのように下屋敷内で人の気配が動き、くぐり戸が開いた。

まさしく桶垣郷之丞が顔をのぞかせた。警戒の色を浮かべて外の様子をうかがっている。

直之進には気づかず、外に出てきた。すぐにくぐり戸を閉める。

道を左手に向かって歩き出した。今日は供をつけず、一人での他出のようだ。

ようやくあらわれたか。

直之進はほっとし、すぐさま欅の陰をあとにした。桶垣郷之丞の背中に声をかける。

なんだ、とばかりに郷之丞が振り向く。険しい目を当ててきた。

「またおぬしか」

あきれたような声を出した。

「何用だ」

直之進をねめつけて郷之丞がきいてきた。

「またききたいことがある」

「歩きながら聞こう」

さっと前を向き、郷之丞がずんずんと歩を進める。

「左手のあざのことだ。あれは墨かなにかで書いたものだろう」

歩調を上げつつ、直之進はずばりといった。

「おぬしがいったいなにをいっておるのか、わしにはとんとわからぬ。わしは墨であざを書いたことなどない。そのようなことをする意味もわからぬ」

ふふ、と直之進は笑った。

「なにがおかしい」

真横にぴたりとついた直之進を郷之丞がにらみつけてきた。

「いや、とぼけるのが下手だと思っただけだ」

むっ、という顔になったが、郷之丞はなにもいわなかった。

直之進は構わず横顔に語りかけた。

「あざは、おきくの亭主を始末し損じたときに備えるためではないか。おぬしは昨日、自信満々に左手の甲を見せたものな」

「あざなど端からないゆえ、いわれた通りのことをしたまでだ」

「まあ、あざのことはよい。だがよいか、樋垣郷之丞どの」

直之進は真剣な口調で呼びかけた。

「主君の命だからといって、なんでもいわれるままにするのが侍の道ではあるまい」

郷之丞がちらりと直之進を見た。

「湯瀬どのといったな。主君のために身命《しんめい》をなげうって尽くす、それこそが侍の道ではないか」

「主君に非道をさせず、正しい道を行かせる。これこそが忠臣のあるべき姿だ。主君に盲従《もうじゅう》することが侍の道ではない」

「主君の言葉こそがこの世で最も重いのだ」

「そのようなことがあるか。主君も人でしかない。過ちを犯すことだってある」

業を煮やしたように郷之丞が直之進をにらみつけてきた。

「きさま、なにをわかったようなことをいっておる。浪人風情《ふぜい》が」

「こう見えても、実は主持《しゅうも》ちだ」

「なに」

郷之丞が意外そうに直之進を見やる。

「まあ、そのことはよい。――おぬし、おととい、俺を殺しに来たな。目的は俺の妻をかどわかすためであろう」

「きさま、なにをいっておるのだ。頭がおかしいのではないか」

「頭がおかしいのは、おぬしの主君の伊沢要一郎だ」

「我が主君を呼び捨てにした上、さらに愚弄《ぐろう》するか」

「愚弄もなにも図星だろう。そのことはおぬしがよくわかっているはずだ」

「きさま、これ以上つまらぬことをいうのなら、斬る」

「おぬしにやれるか」

直之進は昂然といい放った。

「丸腰の俺さえ斬れなかったおぬしに、刀を帯びている俺が殺《や》れるのか」

「殺れるさ」

郷之丞が断じ、歩きつつ直之進を見据えた。

「ならば、立ち合ってみるか」

「断る」

吐き捨てるようにいい、郷之丞が前を見る。

それからは直之進がなにをいったところですべて無視された。

壁にはね返されているような気がし、直之進はこれ以上は無理だな、とあきらめ、足を止めた。

郷之丞が足早に遠ざかっていく。

直之進はその後ろ姿を見送った。

桶垣郷之丞はひどく頑《かたく》なな感じがする。

それはいったいどうしてなのか。

腕組みをして直之進は頭をひねってみたが、答えが出るはずもなかった。

二

山梨家の元家老、永井孫次郎は、と佐之助は思った。

——あの白骨に関わっている。

それは疑いようがないことだ。

孫次郎があの白骨の主を殺し、埋めたとして、なにゆえそんな真似をしたのか。

殺した相手は誰なのか。なぜ殺さなければならなかったのか。

やはり山梨家の取り潰しに関わっているのだろう。それしか考えられない。

樺山富士太郎に会って話を聞くのが、事情を知るために最も手っ取り早い手立てにちがいない。

なにしろ富士太郎はすでにいろいろと調べて、取り潰しに遭った旗本家が山梨家であるとつかんでいるはずで、そのほかにもさまざまな事情や消息などを入手しているだろうからだ。

しかしながら、佐之助は富士太郎に会う気はまったくない。できることなら、孫次郎のことは富士太郎に話したくないのだ。孫次郎のことを知れば、富士太郎はきっと勇み立つだろう。孫次郎捕縛に向かって動くに決まっている。

佐之助としては、孫次郎を捕えさせたくないという気持ちがある。これはおそらく、と佐之助は自らを顧みて思った。孫次郎の妻子を目の当たりにしたせいだろう。

あの幸せそうな暮らしを壊してよいのか、という思いが芽生えてしまったのだ。

――この俺が千勢やお咲希と離れて暮らせるものか。それはきっと永井孫次郎も同じだろう。

いま千勢とお咲希は二人でなにか楽しそうに話している。二人に血のつながりはないが、実の母娘のような絆の強さを感じさせる。二つの笑顔は輝き、いかにも幸せそうだ。

きっと孫次郎もこれと同じ暮らしを送っているはずだ。

やはり壊すわけにはいかぬ。孫次郎が捕らえられたら、妻子がどんなに悲しむことか。

しかし、それでも真実はつかみたいという気持ちが佐之助にはある。

孫次郎を捕らえることなく、真実に迫るためにはどうすればよいか。

佐之助はしばらく思案した。

頭にあらわれ出た結論は、さしたるものではなかった。

――もう一度、犬伏に会ってみることにするか。今のところそれしかなさそうだ。

あの男の知っていることをすべて引き出すのだ。

そうすれば、真実の絵が眼前にあらわれるかもしれない。

そう考えて佐之助は立ち上がり、ちと出てくる、と千勢とお咲希に告げた。

えっ、といってお咲希がうつむく。今日は手習所が休みなのだ。

お咲希は佐之助と遊んだり、一緒に出かけたりすることを楽しみにしていたのだろう。いつもなら一緒に家を出て秀士館に向かう佐之助が今日は出かけなかった。秀士館での仕事も休みだと考えていたのかもしれない。

「すまぬな、お咲希」

お咲希の前にそっとしゃがみ込み、佐之助は謝った。

「今日はどうしてもやらねばならぬことがあるのだ」

「はい」

お咲希がこくりと首を動かす。

「この埋め合わせは必ずする。今度の休みを待っていてくれ」

「はい」

千勢が気の毒そうにお咲希を見ている。

「千勢、では行ってくる」

立ち上がった佐之助は両刀を腰に帯びた。

「はい。お気をつけて」

音羽町の家を出た佐之助は道を南に取った。目指すのは再び蜂須賀家の上屋敷である。

幸いにも、留守居役の犬伏田能助は屋敷にいた。

佐之助はすっかり馴染みとなった客間で、田能助と向かい合って座した。

「昨日に続いて今日もか。倉田、そんなに俺に会いたくて仕方がないか」

田能助がそんな軽口を叩いた。

「おぬしと会うのは楽しいからな。おぬしは気持ちのよい男ゆえ」

「そうかな。おぬしのほうが今はさわやかな気がするがな」

意外な言葉を聞いた、と佐之助は思った。

「俺がさわやかか」

「うむ。前とは雰囲気がだいぶ異なる」

「そうか、俺は変わったか」

「ああ、変わったな。守るべきものができたという感じだ」

そうか、とだけ佐之助はいった。

「それで倉田、今日はなんだ。昨日のことは役に立ったか」

咳払いして田能助がきいてきた。

「ああ、役に立った」

感謝の思いとともに佐之助はいった。

「では、もう首尾《しゅび》を話しに来たのか」

「いや、そうではない」

佐之助はかぶりを振った。

「犬伏、おぬしは留守居役だ。江戸のさまざまな事情や消息を耳にできる立場の者だな」

「それはそうだ。常にこうべを巡らし、耳を澄ませていろいろな事情をつかむことに力を尽くしておる」

「その立場にいる者を見込んできく。おぬし、山梨家の取り潰しに関して、なにか知っておらぬか」

「山梨家とな」

田能助が首をひねる。

「知らぬか」

「聞いたことのある名なのだが、どうも歳のせいか、思い出せぬ。山梨家というのは大名家ではないな。旗本か」

「うむ、旗本だ。四千二百石もの大身だった。五年ほど前に取り潰しになっている。当主の石見守が、下屋敷に火を放って自死を遂げている」

田能助が思い出す一助になれば、と佐之助はいった。

「ああ、あの山梨家か」

田能助が手のひらに拳を打ちつけた。すっきりとした顔だ。

「覚えておるぞ」

「それは重畳」

佐之助は笑みを見せた。

「なにしろ、おぬしは留守居役だ。山梨家の取り潰しに関して、なにかしらの噂が耳に入っていてもおかしくはない。それで、俺はまた邪魔をさせてもらったのだ」

うむ、と田能助が顎を引く。

「山梨家の取り潰しに関して、といったな。ならば、俺の知っていることを話そう」

「頼む」

わずかに膝行《しっこう》し、佐之助は耳を傾けた。

「山梨家は、仙台伊達家と諍いがあったらしいと聞いておる」

田能助はそんなことをまず口にした。

「それはまた、屈指の大大名だな。どんな諍いだ」

「詳しいことは俺も知らぬのだが、江戸市中で家臣同士が喧嘩したらしい。鞘《さや》当てでもあったのだろう。それで、喧嘩になり、互いに刀は抜かなかったものの、山梨家の家臣が伊達家の家臣を叩きのめしたそうだ」

「それは思い切ったことをしたものだ」

「相手は外様《とざま》、こちらは直参《じきさん》、という思い上がりがあったのではないかな」

そういうものかもしれぬ、と佐之助も納得した。

「それでどうなった」

「山梨家と伊達家。互いが譲らずに訴え合い、結局、評定所の扱いになった」

「評定所までいったか。だが、それも当然であろうな」

うむ、と田能助がうなずいた。

「評定所の裁定は、どうやら山梨家有利に傾いていたらしい」

「ほう、そうなのか」

それなのに、なにゆえ山梨家はその後、取り潰しになったのか。

「結局、評定所の裁きが下る前に、内済《ないさい》ということになったのだ」

「それはつまり伊達家が謝罪したのか」

「その逆だ。山梨家の当主だった石見守どのが伊達家に詫びを入れたのだ」

「なにゆえだ。評定所の裁定は山梨家有利に傾いておったのだろう」

「少禄の側の者が大大名に対し、謝る形だけを取ったのかもしれぬ。互いに面子というものがあるゆえな」

佐之助はなんとなく釈然としなかった。田能助が先を続ける。

「伊達家の上屋敷に謝罪に赴いた石見守どのは、どういう経緯があったのか、伊達家の殿さまを殴りつけたそうだ。伊達家の殿さまは顔をしたたかに殴られて気絶し、一月《ひとつき》以上も床が上がらなかったそうだぞ」

「なにゆえ石見守はそのような無茶な真似をしたのだ」

佐之助は目をみはってきいた。石見守にいったいなにがあったというのか。

「驚きだろう。だが倉田、五年前、伊達家の上屋敷でなにが行われたのか、当時も今も闇の中だ」

「伊達家の殿さまを殴りつけたせいで、山梨家は取り潰しになったのだな」

「そうだ。殴りつけるにしてもなにかしらの理由があったのだろうが、どうも石見守どのが激高してしまったようなのだ。その後、伊達家が改めて大目付にその件を訴え出た。そして、石見守どのが伊達家の殿さまを殴った件は、またしても評定所の扱いになった」

「それで評定所は、山梨家の取り潰しを決定したのだな」

「そういうことだ。伊達の殿さまは一月以上も寝たきりになった。そこまでされて、減知《げんち》程度では誰も納得するまい」

取り潰しが妥当ということか。

「犬伏――」

目を上げ、佐之助は呼びかけた。

「最初の評定所の裁定が山梨家有利に傾いていたのは、まちがいないのだな」

「うむ、まちがいない。家臣同士の諍いは、伊達家の側に落ち度があったようだからな」

そうか、といって佐之助は沈思した。

それにもかかわらず内済に決まり、悪くないほうの石見守が伊達家の上屋敷に謝罪に行った。

その理由を田能助が知らぬ以上、自分で調べるしかあるまい、と佐之助は決意を新たにした。

いや、もしかすると、と思った。なにかがねじ曲げられたのではないか。佐之助はそんな気がしてきた。

ねじ曲げることができるとしたら、と考えた。評定所の誰かではないか。ねじ曲げることで利益を得た者がいたのではないか。

田能助でさえ山梨家有利と知っていたということは、同様に伊達家の耳にも入っていたのではないか。それで評定所に手を回し、なんとか逆の目が出るように手配りした。

佐之助には筋書が読めてきた。

「犬伏、山梨家と伊達家の件を扱った当時の評定所の顔ぶれを知っておるか」

身を乗り出して佐之助は問い、田能助の答えを聞く前に続けた。

「評定所が町奉行、寺社奉行、勘定奉行、老中の四人で成り立っているのは俺も知っておるぞ」

「そのほかに、陪席の者として大目付と目付が加わる」

「うむ、そうだったな。犬伏、その六人の名を覚えておるか」

「ああ、いずれも公儀の要人ゆえ、そのくらいははっきりと覚えておる」

小さく笑みを浮かべて、田能助がすらすらと述べる。

「町奉行は志水滝之進《しみずたきのしん》さま、寺社奉行は三輪内匠頭《みわたくみのかみ》さま、勘定奉行は丹羽土佐守《にわとさのかみ》さま、老中は松平河内守《まつだいらかわちのかみ》さま、大目付は岡部修理《おかべしゆり》さま、目付は定岡内膳さまだ」

この者のうち誰かが伊達家から袖の下をもらい、石見守に対して不正を行ったのではないか。裁定は伊達家有利とでも告げて石見守をだまし、内済を勧めたのかもしれない。

石見守は仕方なくその申し出を受けた。不利という裁定が下る前に内済にしたほうが得に決まっているからだ。だが、やはり大身の旗本として、人に頭を下げるのはいやだったのではないか。

そして、のちにこのからくりを知った永井孫次郎が主君をたばかった者を殺し、喜与姫の祠近くに埋めた。

そういうことではないか。

しかし、と佐之助は思った。なにがあったにしても、激高して伊達の殿さまを殴りつけた石見守が悪いのは事実だろう。伊達の殿さまを害するような真似をしなかったら、取り潰しにはまずならなかった。

いずれにせよ、永井孫次郎が評定所の誰かを手にかけたのではないかという推測は、的外れではないだろう。

「おぬしが挙げた六人のうち、今も存命の者は誰だ」

佐之助は新たな問いを放った。

「松平河内守さまと定岡内膳さま以外は、今もご存命のはずだ」

松平河内守と定岡内膳。このうちの一人を永井孫次郎は手にかけたのではないか。あの白骨の主は、きっとこの二人のどちらかだ。

「松平河内守と定岡内膳だが、行方知れずになってはおらぬか」

「なっておらぬと思うが……」

「犬伏、おぬしにはその二人が行方知れずになっておらぬという確信はないのだな」

「うむ、ないな。もう亡くなってしまっておるゆえ、その二人に強い関心を抱いたことはない。消息については、まるで知らぬ」

そうか、と佐之助はいった。ならば松平河内守と定岡内膳の二人について、ちと調べてみることにするか。

決意した佐之助は心中で深くうなずいた。

三

一日かけて捜した。

だが、山梨石見守は見つからなかった。

もうあと一刻ほどで太陽は西の空に没するだろう。

富士太郎と珠吉は懸命に働いたものの、山梨石見守が生きているという痕跡は一つも見いだせなかった。

石見守の人相書を、これまで何人の目に触れさせてきたことだろう。見覚えがあるという者には、一人たりともぶつからなかった。

「珠吉、おいらは、ちと疲れたよ。近くに茶店はないかい」

それを聞いて珠吉が目を丸くする。

「旦那が弱音を吐くだなんて、珍しいですねえ。——ああ、あそこにありますよ」

珠吉が指さしたほうを見ると、半町ばかり先に、立てかけられた葦簀《よしず》が見えた。団子《だんご》、饅頭《まんじゅう》と染め抜かれた幟《のぼり》もひるがえっている。

「ああ、本当だ。いいところにあるねえ。珠吉、あそこで一休みしようよ」

「ええ、そうしやしょう。あっしも少しへばってきやしたからね」

富士太郎自身、暑い中ずっと動いてきて疲労の色は隠せないが、若い自分よりも珠吉のほうがはるかに疲れているだろうと、休憩することを思いついたのだ。

「ああ、やれやれ、どっこいしょ」

富士太郎は、よその茶店よりも広い縁台に腰かけた。

珠吉が横に静かに座り、歯を見せて笑う。

「まったく、旦那は年寄りみたいな声を出しやすねえ」

珠吉が目を細めて富士太郎を見る。

「まだ若いんですから、そんなことを口にしちゃ、いけやせんぜ」

「珠吉、おいらはもう歳だよ」

富士太郎はぼやいてみせた。

「そんなこと、ありやせんよ」

目を怒らすようにして珠吉がかぶりを振る。

「旦那はあっしより、およそ四十も下ですぜ。歳だなんていったら、罰が当たりやすよ」

「ああ、なるほど、そうかもしれないねえ。——しかし、珠吉はおいらより四十も歳が上なのかい。びっくりするねえ。珠吉の元気なのにもあきれるよ」

看板娘が茶と団子を持ってきた。

「なんといっても、鍛え方がちがいやすからねえ」

湯飲みを手に珠吉が胸を張った。

「そうだよねえ」

うんうんとうなずくと、富士太郎は茶をすすった。

「ああ、おいしいねえ。染み渡るよ」

「まったくですねえ」

茶を喫した珠吉はうっとりしたような顔だ。

「疲れが吹っ飛びますよ」

「本当だね。お茶は薬だよねえ。どれ、お饅頭をいただこうかな」

小ぶりの饅頭をつまみ、富士太郎は口に放り込んだ。

「甘くておいしいよ。口の中でほろほろと溶けていくよ」

「団子もいけますよ。こっちは、たれがあまり甘くないのがいいですね」

みたらし団子をほおばって、珠吉が顔をほころばせている。

その幸せそうな表情を見て富士太郎は、ひと休みしてよかったよ、としみじみ思った。

二人とも小腹が空いており、饅頭と団子は瞬く間になくなった。

最後に茶を飲み、口の中の甘みを洗い流す。すっきりした。

「ああ、もう終わっちゃった」

「おかわりをもらいやすかい」

「うん、そうだね。もう一杯、飲みたいね」

富士太郎たちは茶のおかわりをもらった。

「石見守さまは——」

湯飲みを握り締めて富士太郎はつぶやいた。

「生きているのかな」

「どうでしょうねえ」

珠吉は額にしわをつくり、難しい顔をしている。

「生きているとして、これだけ聞き込みをしても手がかりが見つからないってことは、江戸をとうに離れているのかねえ。元の知行地に、かくまわれているのかもしれないよ」

「元の知行地というと、どこでしたかね」

「三河《みかわ》のほうだよ」

「三河ですかい。江戸からだと、東海道を相模《さがみ》、駿河《するが》、遠江《とおとうみ》と上った次が三河ですからね。なかなか遠いですね」

「そうだね。おいらたちが行くことは、生涯ないような気がするよ」

「ああ、旅に出たいですねえ。あっしはお伊勢参りに行きたいですよ」

「お伊勢参りか、いいねえ」

珠吉はとっくに隠居していていい歳だ。それが、いまだに富士太郎の中間をつとめている。

本当に、と富士太郎は思った。後継者のことを真剣に考えないと駄目だ。隠居できれば、珠吉はお伊勢参りにも行けるのだから。

「どうしやした、旦那。急に黙り込んで」

珠吉が気遣ってきいてきた。

「ああ、いや、なんでもないよ」

富士太郎はにこりとした。そんな富士太郎を珠吉が深い目の色で見ている。

「――珠吉、石見守さまは、やはり死んでいるのではないかねえ。疲れのせいかもしれないけど、おいらはどうも、そんな気がしてきたよ」

――算兼先生が検死された焼死体が、きっと石見守さまのものにちがいないよ。

今はもう富士太郎は確信している。

「実はあっしもですよ」

珠吉がぽつりとつぶやくようにいった。

「えっ、珠吉も同じかい」

「さいです。これまで長年この仕事に携わってきて、人捜しがいかに大変なものか骨身にしみていやすが、一日、二日の探索とはいえ、ここまでなにも手がかりが得られないってのは、やはり石見守さまがこの世にすでにいないってことを意味しているような気がしますねえ。生きている痕跡がまるでありやせんから」

「そうなんだよね。ここまでなにもつかめないなんて、ほんと、なかなかないものね。じゃあ珠吉、下屋敷の焼け跡から出た焼死体が石見守さまだったと考え直してみていいかい」

「ええ、それでいいと思いやすよ」

ふう、と富士太郎は息をついた。

「珠吉、済まなかったね。おいらが誤った方向に導いちまったよ。無駄働きをさせたね」

旦那、と珠吉が強い口調でいった。

「あっしたちの仕事に無駄なんて、一切ありやせんよ。考えられることを一つずつ潰していくのも、大事なことでやすからね」

「ああ、そうだね。珠吉のいう通りだ」

ぬるくなった茶をごくりと飲み干し、富士太郎は顔を上げた。

「となると、あの白骨の主は誰と考えればいいのかねえ」

「ええ、それが一番の問題ですけど、白骨の主が誰かがわかれば、この一件は一気に解決するんじゃないでしょうかね」

「白骨の主は、下屋敷が燃えたあとの更地に連れてこられ、金槌のような物で殴り殺されたんだよねえ」

「ええ、さいです」

「それにしても、凶器が金槌のような物というのは……」

「大工が下手人なんですかね」

「今のところ大工は一人も浮かんできていないねえ。金槌というのは使い勝手がいいから、持っている人は多いしねえ」

「さいですね。旦那、聞き込みを続ければ、きっと浮かんできやすよ」

珠吉が富士太郎を勇気づけるようにいった。

「うん、そうかもしれないね」

手にしていた湯飲みを縁台に置いて、富士太郎は相槌を打った。

「とにかくおいらたちは聞き込みを続けるしかないけど、石見守さまの筋は捨てなければならないから、今度はどういう筋にしぼり込んで聞き込みを続けていくか、それをまずはっきりさせないとね」

「旦那、なににしぼりやすかい」

そうだね、といって富士太郎は考えた。

「あの白骨の主は、あの祠のそばに連れていかれて殺された。下手人は、人目につかない道を通って白骨の主を連れていったのだろうけど、それでも誰かその様子を目にしている人はいるかもしれないね」

「いるかもしれやせんが、旦那、五年前のことですよ」

「五年前じゃあ、仮に目にしていたにしても、もう忘れちまっているかな」

「どうでしょうかねえ」

珠吉が首をかしげる。

「見たとしても、面倒に巻き込まれるのがいやで自身番に届けなかった者もいるかもしれやせんしね」

「ああ、そうだね。そういう者を見つけ出せたらいいね。できれば犯行を目の当たりにした者のほうがずっといいけど、人気《ひとけ》のない祠近くでの出来事だから、こちらは期待薄かな」

「旦那、どうのこうのいう前に、とにかくやってみやしょう」

珠吉が力強い声を張り上げた。そばにいた年寄り夫婦が驚いてこちらを見たほどだ。

珠吉を見つめて富士太郎はうなずいた。

「下手人が白骨の主を連れていくところを見た者がいないか、そのことにしぼって聞き込みをしようかね。きっとそのうち重要なことにぶち当たるよ。そういうことがこれまで何度もあったからね」

「さいですね。聞き込みをしていると、そういう不思議なことはよくありやすからね」

「まったくだよ」

「でも旦那。それは、旦那が手抜きなしで聞き込みに励むからですよ。もし旦那が力を尽くしていなかったら、そんな幸運に恵まれるはずがねえんですよ」

「珠吉のいう通りだよ。よし珠吉、すっかり元気が出たところで仕事に戻ろうか」

「そうしやしょう」

富士太郎は看板娘に代を払い、通りに出た。途端に暑熱《しょねつ》が体を包み込んだ。

これまで葦簀が太陽の光から自分たちを守ってくれていたことに、富士太郎は改めて気づいた。

——おいらは、江戸の町人たちの葦簀にならなきゃね。だから、常に背筋を伸ばしてがんばらなきゃ、いけないんだよ。

自らに富士太郎はいい聞かせた。

あと半刻ばかりで日暮れを迎えようとしているが、富士太郎と珠吉は日暮里界隈での聞き込みを再開した。

道で会う者すべてに、五年前に怪しげな者が今の秀士館のほうへ行ったのを見ていないか、富士太郎と珠吉はきいていった。

夕暮れが間近になり、だいぶ明るさは失せつつあったが、二人は手を抜くことなく聞き込みを行った。

だが、なかなか手がかりとなるような言は得られない。

あとせいぜい一人か二人だね、と富士太郎は思った。さすがに疲労困憊《こんぱい》の体《てい》である。珠吉もへとへとになっているのが見て取れた。

よし、あの女の人にもきいてみるとしよう。今日はあの女の人で最後かもしれないね。

富士太郎は、行商人から豆腐を買って足取りも軽く踵を返した女に声をかけた。

薄暗くなってきた中、こざっぱりとした白いうなじがずいぶんと目立っている。

はい、といって女が振り返った。歳は二十代半ばといったところか。もし富士太郎が独り身だったら、ぞくりとしていたかもしれない色っぽい目つきでこちらを見た。

「あら、八丁堀《はっちょうぼり》の旦那ですか」

豆腐が入った鍋を両手で抱えている。

「ちょっと話をききたいんだけど」

「はい、どんなことでしょう」

目が大きくてまん丸く、少しびっくりしたような顔つきをした女だ。表情が豊かで、瞳がくるくると動いている。

「その前におまえさんの名をきいていいかい」

「ええ、かまいませんよ。あたしは、りくといいます」

「おりくさんか。いい名だね」

「はい、あたしも気に入っています」

にこにこと笑んだおりくからは風呂上がりなのか、いいにおいがした。

「お話というと」

おりくがきいてきた。

「あっ、ここではなんですから、あちらで」

おりくが指さす。

通り沿いに小さな空き地があり、数本の大木がさらなる暗がりをつくっている。梢《こずえ》を騒がせて風が吹き過ぎ、いかにも涼しげな感じがした。

「ああ、いいね」

富士太郎たちは空き地に入り込んだ。

いきなりおりくが鍋を地面に置いた。すぐさま右手で左の二の腕を叩く。ぴしゃり、と音が立った。おりくが二の腕をのぞき込む。

「あっ、もうこんなに血を吸われてる。どうもあたしは、蚊にすごく好かれるたちなんですよ。頭にきちゃう」

「おいらもだけど、おりくさんのおかげで寄ってこないみたいだね」

「幼い頃からそうなんですよ。あたしはみんなの蚊よけでした」

「その分、きっといいことがあるよ」

「そうですよね」

おりくが屈託なく笑う。

――おりくさんは、なにをしている人なのかな。誰かのお妾《めかけ》さんかかな。どうもそれが一番ぴったりくるね。

この見立てはまちがっていないような気がした。

「それで八丁堀の旦那、お話ってなんですか」

目を輝かせておりくがきいてきた。

「五年前のことなんだけどね。今は秀士館ができているけど、当時は更地だったはずなんだ。あまり人けのない刻限にそちらへと向かう、怪しげな者を見た覚えはないかい」

「怪しげな人ですか」

いぶかしげな顔でおりくがきき返す。

「いえ、見てないですねえ。その人はなにをしたんですか」

「おそらく二人連れだったと思う。一人がもう一人を脅して歩いていたんじゃないかって、おいらは踏んでいるんだけどね」

「脅してですか」

「うん、多分そうじゃないかと思う。なぜこんなことをきくのかというと、つい先日、秀士館で人骨が出たからだよ。それが殺しという判断が下ったんだ。秀士館ができる前の更地に、下手人はその骨の主を脅して連れていき、殺したとおいらたちはにらんでいるんだ」

「ああ、そうなのですね。――秀士館から人の骨が出たんですか」

「おとといのことだよ」

「木乃伊《ミイラ》が出たって聞きましたけど、それとはちがうんですね」

「出たのは人の骨だよ。同じ日に木乃伊も出たけど、それじゃない」

「そうですか、木乃伊と同じ日に秀士館から人の骨が出たんですか。――ああ、それで五年前のことでしたね」

おりくが考え込んだが、すぐに顔を上げた。

「やっぱりわかりませんねえ。あたしはなにも見ていません」

「そうかい、手間を取らせたね」

富士太郎はおりくを解き放とうとした。

「五年前じゃなくて、四年半ばかり前のことなんですけど、ちょっと妙なことがあったんですよ」

不意におりくがいった。空き地をあとにしようとしていた富士太郎は足を止めた。珠吉も同様である。

「妙なことというと、どんなことだい」

富士太郎は真剣な口調でたずねた。おりくが物をのみ込んだように喉を上下させる。

「八丁堀の旦那のおっしゃる人骨とは関係ないと思いますけど、四年半ほど前に、あたしの前の旦那だった人が、急に家からいなくなったことがあるんですよ」

「四年半前に、そんなことがあったのかい。旦那は見つかったのかい」

「いえ、見つからず仕舞いです。というより、もう死んでいたんです」

「死んでいたのか。どうしてだい」

「結局は病死だったんですけどね」

「ああ、それなら、布団の上で死んだということかい」

「はい、多分……」

それならば事件とはいえないだろうねえ、と富士太郎は思った。だが、なんとなく引っかかるものを覚え、さらにおりくにたずねた。

「旦那が行方知れずになったとき、おりくさんは失踪の届けは出したのかい」

「いえ、出していません」

「なぜ出さなかったんだい」

責める口調でなく富士太郎はきいた。

「そのときは、黙って家に帰ったと思ったからです」

——そのときは、ということは、今はちがうと思っているのかな。

「おりくさんの家はこの近所かい」

「ええ、その路地を入ってすぐのところです」

「旦那がいなくなったときのことを、詳しく話してくれるかい」

定廻り同心が関心を寄せたことが、おりくはことのほかうれしかったようだ。顔をほころばせたが、すぐに引き締めた。

「四年半ばかり前の寒い時季でした。あたしは旦那と同じ部屋で眠っていました。でも、朝起きたら、旦那が寝床から消えていたんですよ。家中捜しましたけど、いませんでした」

「さっき、おりくさんもいったけど、家に帰ったんじゃないのかい」

「最初にあたしもそれは考えました。仕事が忙しい人でしたから、急に帰ることも珍しくありませんでしたけど、必ずあたしに断ってから家を出ていきました。だって、急に帰るときはお屋敷から使いが来るんですから、黙って帰るなんてできないんですよ」

　お屋敷ということは、武家なのだろうか。それとも町人の分限者《ぶげんしゃ》なのか。その疑問はとりあえず後回しだね、と富士太郎は思った。

「四年半前のその日は、使いは来なかったんだね」

「ええ、来ませんでした。あたし、その日からしばらくのあいだなにもせずに、旦那がまた来るのをじっと待っていたんですけど、全然来る気配がないし、お手当ももらえないしってことで、旦那のお屋敷を訪ねたんですよ」

「うん、それで」

「それがびっくりしたことに、すでに旦那は病死していたんですよ」

　おりくは丸い目をさらにまん丸にした。

「それは本当にびっくりだね」

富士太郎が相槌を打つと、ええ、とおりくがすっきりとした顎を引いた。

「旦那の跡は、十八になっていたご子息が継いでいましたけど、あたしはとても妙な感じがしましたよ。あの晩、急にいなくなって、その次には死んでいただなんて」

「そうだね。とても妙だ」

富士太郎は同意した。もしかしたら、という思いが心の中でふくらんでいく。

「その旦那だけど、死因は病だったんだね」

「はい、なんの病かは聞かされませんでしたけどね。でも旦那は普段とても元気で、持病などなかったはずなんですよ」

いいきって、おりくが考え込む。

「いま思えば、あの晩遅く、旦那は厠《かわや》に行ったような気もするんですよ。あたしは寝ぼけていて、よく覚えていないんですけど」

「寝ているときのことは、おいらもよく覚えていないねえ。仕方ないことだよ」

「そうですよね。――実は、旦那はいつもお供の人と一緒にうちに来ていたんですけど、そのお供の人も旦那がいなくなったのを知らなかったんですよ」

「お供の人は隣室かどこかにいたのかい」

「いえ、勝手口のそばに小屋があり、いつもそこで寝泊まりしていました」

「へえ、そうだったのかい。おりくさんの家には裏口はあるのかい」

「はい、あります。塀にちっぽけな戸がついているだけですけど」

「戸に鍵は」

「つけてありましたけど、いつの間にか壊れていました」

「いつ壊れたか、わかるかい」

「いえ、それがさっぱり……」

富士太郎は、自分の頬が蚊に食われたのを知った。かゆいが、我慢してかかずにいた。

「厠はどこにあるんだい」

「庭の隅っこのほうにあります」

そうか、と富士太郎はいって考えた。おりくの旦那は厠に行ったところを、待ち構えていた何者かにさらわれたのではないか。

「おりくさんの旦那は、夜は厠に行くたちだったかい」

「ええ、必ず一度は厠に立ちましたね」

そのことを、旦那をさらった者は知っていたのだろう。

「旦那の葬儀は行われたのかい」

富士太郎は別の問いをおりくにぶつけた。

「ええ、ご子息が喪主になって行ったそうですよ。もちろん、あたしは出られませんでした。旦那が死んだのを知ったのは、葬儀が終わってだいぶたってからですからねえ」

「それは気の毒だったね」

「まったくですよ」

憤懣《ふんまん》やるかたないという感じで、おりくがいった。

「あっ、また――」

着物の裾を持ち上げて、左足のふくらはぎをおりくがぱしんと叩く。

「逃げられちゃった」

悔しそうにしているおりくを見つめて、富士太郎は息を深く吸い込んだ。これからが本題といっていい。

「ところでおりくさん、旦那のお役目はなんだったんだい。まさか御目付じゃないだろうね」

富士太郎にずばっときかれて、えっ、とおりくが目をみはる。

「八丁堀の旦那、なんで知っているんですか」

おりくは心の底から驚いている。やはりそうだったか、と富士太郎は納得した。

「まあ、ちょっとね」

富士太郎は顎をなでた。

「ええ、八丁堀の旦那がおっしゃるように、うちの旦那は御目付だったんですよ。そんなとても偉い人が、よくあたしのような女を妾にしたと思うんですけど、奥方から宛てがわれる側室には飽き飽きしたといっていましたから、勝手に振る舞うあたしのような女がよかったんじゃないかしら」

「周旋したのは口入屋《くちいれや》かい」

「はい、あたしが懇意にしているお店です。旦那のほうは、その口入屋から奉公人を何人か取ったことがあるといっていました」

その目付はもう生きていないだろう。葬儀はおそらく、死骸がないまま急いで行われたのではないだろうか。そして十八歳の跡取りに家督を継がせたのだ。

おりくがまた話しはじめた。

「御目付という役目柄、旦那はただ一人で動くこともあったそうですけど、それはとても稀《まれ》なことで、滅多にないといっていたんですよ。ですから、ほんと、四年半前の晩のことはおかしいんです」

唾を飛ばしそうな勢いでおりくが力説する。

こほん、と富士太郎は咳払いをした。おりくさん、と呼びかける。

「もしや旦那の名は、定岡内膳さまじゃないのかい」

またもおりくが瞠目した。

「ええ、ええ、おっしゃる通りですよ。八丁堀の旦那、どうして旦那の名までご存じなんですか」

定岡内膳という名を口にしたのは、将軍家の御典医の算兼と手習師匠の竹内平兵衛である。

定岡内膳は四年以上前に急死したとのことだが、富士太郎の頭にその名はずっと残っていたのである。

富士太郎は、背後に控えている珠吉を見やった。

珠吉が深いうなずきを見せる。人骨の主は定岡内膳だと確信した顔である。

――うん、まちがいないよ。あの白骨の主は定岡内膳さまだよ。

ついにわかったよ、と富士太郎は叫び出したい気分だ。その気持ちを抑え、さらにおりくに問う。

「定岡内膳さまだけど、おりくさんの家に来るとき、どんな服装をしていたんだい」

おりくはほとんど考えなかった。

「いつも紋付の羽織を着ていましたよ。備えあれば憂いなし、あたしの家からよそへ出かけなければならなくなったときでも困らぬ、といっていました」

「行方知れずになった晩、厠に行ったときはどうだい。羽織を着込んでいたかい」

「あたしも寝ぼけていて、はっきりとは見ていないんですけど、あの晩はかなり寒かったので、羽織って厠に行ったはずです。朝、衣紋掛《えもんかけ》に羽織はかかっていませんでしたから」

やはりそうか、と富士太郎は手応えをつかんだ。やはりあの骨の主は定岡内膳さまでまちがいないね。袴を穿いていなかったのも道理だよ。

ようやく誰が殺されたか、つかんだのだ。やはりどんなことがあろうと、探索をあきらめてはならない。そのことが富士太郎は骨身にしみた。

あとは、と宙を見つめて考えた。誰が定岡内膳をさらい、手にかけたか、それがわかればこの一件は解決だ。

多分、山梨家の遺臣だろうね、と富士太郎は推測した。

富士太郎が考えていた以上に長話になったことでおりくは明らかに帰りたがっていた。

しかし富士太郎は、申し訳ないけど今しばらくつき合ってくれるかい、といってさらにおりくに話をきいた。

「四年半前の当時、定岡内膳さまの様子におかしなところはなかったかい」

かどわかされた上に、殺されたとなれば、定岡内膳がなにかしたからにちがいない。そのことが普段の物腰にあらわれないはずがない、と富士太郎は考えたのだ。

驚いたようにおりくが富士太郎を見る。

「八丁堀の旦那は、なぜすべてわかるんですか。千里眼ですか」

「いや、そんなことはないんだけど」

まさかずばりと当たるとは、富士太郎も思っていなかった。

「じゃあ、定岡内膳さまにはおかしな様子が見えたんだね」

「ええ、そうなんですよ」

おりくが首を縦に大きく動かした。

「起きているときは普段と変わらなかったんですけど、眠っているときにずいぶん苦しそうにしていました。突然『許せ、許してくれ』と、起き上がって口にしたこともあります。『俺は裏切り者などではない』と悲鳴のように叫んだこともありました。寝言だけでなく、うんうんと、うなされてもいました」

これは、と富士太郎は思い当たった。きっと良心の呵責《かしゃく》というやつだね。

定岡内膳は、山梨家に対し裏切りをしたのだろう。

それを誰かに知られ、殺害されるに至ったのだ。

そうにちがいあるまい。

定岡内膳は、いったいどんな裏切りをしたのか。

それはきっと、ときを置くことなく明らかになるに相違ない。

富士太郎は確信している。

第四章

一

目が覚めた。
戦っている夢を見ていた。
そんな気がする。
俺は誰と戦っていたのか。
直之進は考えた。
決まっている。
樋垣郷之丞だ。
寝床の上に起き上がった。直之進は汗びっしょりになっている。
これは暑さのせいではない。大気はひんやりと涼しいのだ。夏といえども、朝方はとても過ごしやすい。

つまり俺は苦戦したのか。

そうかもしれぬ。

だが、それは夢の中の出来事に過ぎぬ。俺があの男に後れを取るはずがない。

こんな夢を見るとは、と直之進は思った。よほどあの男のことが気になっているのだ。

それも当然だろう。やつは主君の伊沢要一郎の命により、おきくを強奪しようとしたのだから。

しかしながら、今のところ直之進の直感に過ぎず、証拠はなにもない。

不意に空腹を覚え、直之進は立ち上がった。身なりをととのえ、両刀を腰に帯びて家を出た。涼やかな風が吹き渡る中、秀士館の食堂に向かう。

とっくに明るくなっていた。鳥たちがかしましく木々のあいだを飛び回っている。

米田屋にいるおきくと直太郎はどうしているだろうか。寂しさが心をよぎる。

なにごともなく過ごしていたらよいのだが、と直之進は願った。なにかあれば、必ず琢ノ介が知らせてくれるはずだ。

なにも知らせがないということは、よい便りと思っていいのだろう。

先ほど明け六つの鐘を聞いたばかりだが、食堂はすでに開いており、食事を供してくれた。相変わらず美味で、直之進は我知らず舌鼓《したつづみ》を打っていた。

納豆に生卵、たくあんに味噌汁という献立《こんだて》だけでも素晴らしいのに、その上に炊き立てのご飯なのだ。うまくないはずがなかった。

武家のたしなみを忘れ、直之進はがつがつと食べた。食堂には、ほかに誰もいないから遠慮することはない。とにかく量を食べておかないと、体が保たない。

腹が満ちると気力が湧いてきた。

よし、行くか。

今日も道場を休むことに直之進は申し訳ない気持ちになるが、今は許してもらうしかない。とにかく降りかかった火の粉を払うだけでなく、火の元を確かめ、消し止めなければならない。

秀士館を出た直之進は、下谷坂本町の伊沢家の下屋敷に足を運んだ。

傲岸《ごうがん》な印象を与える長屋門の前に立ち、中の気配を嗅ぐ。

屋敷内は、どことなくざわついているような気がする。どうやらあるじの要一郎は、在宅しているのではあるまいかこのまま乗り込んで要一郎をとっ捕まえ、直之進は白状させたい衝動に駆られた。

だが、証拠もないのにそんなことをすれば、ただの犯罪人でしかない。鬼畜の者どもと変わらなくなってしまう。

気持ちを落ち着け、直之進は道の反対側にある欅の陰に身を寄せた。

大きく息をしてから、伊沢家の下屋敷をじっと見る。

身じろぎ一つせずに凝視し続けたが、伊沢屋敷にはなんの動きもない。

桶垣郷之丞も出てこない。

ときの経過とともに、直之進はまたも乗り込みたいとの思いを抑えきれなくなってきた。まだ一度も会ったことのない伊沢要一郎の襟首をつかみ、思い切り顔を殴りつけたい。

だが、そんな真似をするわけにはいかない。激情に任せてそんなことをしたら、人でなくなりそうだ。

――それにしても、俺はいったいなにをしているのだろう。

欅の陰にたたずみ、悪人とおぼしい者の下屋敷を、手をこまねいて見ているだけだ。無駄なことをしているようにしか思えない。

こんなところでじっとしていて、いいのか。ただ待っているだけで、なにもせぬのか。

直之進はじりじりした。

――倉田ならば、とうにあの塀を乗り越え、屋敷内に乗り込んでいるのではないか。俺も倉田にならうか。

直之進はそんなことを考えた。

――いや、俺と倉田はちがう。俺は俺のやり方でやるべきだ。

思い直したとき、ふと右手から人が来るのに直之進は気づいた。はっ、として見やると、昨日ここで話をしたおけいが足早にやってくるところだった。

欅の陰にいる直之進を見つけて、小走りになった。顔が紅潮している。息をあえがせていた。

「ああ、やっぱりここにいらした」

欅の陰に走り込んできたおけいが、ほっとしたように直之進を見る。

なにかあったのか、とききかけて直之進はやめた。おけいは、はあはあ、と肩で息をしており、今は話ができそうになかった。

「大丈夫か」

水を飲ませてやりたかったが、いま手元には竹筒もない。近くに水売りもいない。もっとも、この界隈で水売りの行商人を見ることは滅多にない。

「ああ、はい、大丈夫です」

おけいの呼吸はだいぶ落ち着いてきた。

「おけいさん、いったいなにがあったというのだ」

直之進は改めてきいた。

「かどわかしです」

直之進をまっすぐ見て、おけいが答える。

「かどわかしだと」

眉間にしわが寄ったのを直之進は感じた。

「もしや女が、かどわかされたのか」

直之進は詰め寄るようにきいた。

「さようです」

おけいが首をがくがく動かす。

「うちの近所のおぬいさんという女房がいなくなってしまったんです」

「いつのことだ」

「昨晩おそくです。おぬいさん夫婦は近所で煮売り酒屋をしているんですけど、昨晩は暇だったらしくて、おぬいさんたちはいつもより半刻ばかり早い五つ半くらいに、後片付けをはじめたそうなんです」

「うむ」

「後片付けの最後に、おぬいさんが裏口からごみを捨てに行ったらしいんです。ごみ捨て場はすぐ近くなのに、おぬいさんがなかなか戻ってこなくて、店内で待っていた亭主の喜知蔵《きちぞう》さんはしびれを切らして、外に見に行ったらしいんです。そうしたら、おぬいさんの姿はどこにもなかったそうなんですよ」

「おぬいさんは美形なのか」

「ええ、とてもきれいな人ですよ。このあたりでは評判の美形です。去年、喜知蔵さんと一緒になり、近所に越してきたんですよ。おぬいさんのおかげで、煮売り酒屋は繁盛しているようですね。昨晩は、たまたま暇だったらしいんですけど」

おそらく、と直之進はおけいの言葉を聞いて思った。これは、桶垣郷之丞の仕業ではないか。

「閉店の際のごみ捨ては、いつもおぬいさんがしていたのか」

「ええ、どうもそうらしいですよ」

なぜそんなことを直之進がきくのか、察したらしいおけいが大きくうなずく。

たぶん桶垣郷之丞は、と直之進は思った。おぬいがごみ捨てを担当していたことを知っていたのだろう。

「店の裏口のほうは、人けがないのか」

「特に夜はないでしょうねえ。商家の塀に面していますから通る人もなくて、いつもひっそりと闇に沈んでいますよ」

おそらく桶垣郷之丞は、ごみ捨て場近くの暗がりにひそみ、おぬいが店から出てくるのをじっと待っていたにちがいあるまい。

「おぬいさんが行方知れずになったことを、町方に知らせたか」

「はい、今朝早くに喜知蔵さん自ら御番所に知らせに走ったみたいです」

——ならば、もう富士太郎さんと珠吉は探索に入っているだろうか。

伊沢要一郎はおぬいをどこかで見かけ、おきくと同様、目をつけたというわけだろう。おきくのかどわかしに失敗した桶垣郷之丞に、今度はおぬいをさらってくるよう命じたのではあるまいか。

そして、桶垣郷之丞の魔手はおぬいに届いた。

そういえば、と直之進は思い出した。昨日、郷之丞は供も連れず、一人で下屋敷を出たではないか。

あれは、おぬいをさらう算段をつけに出ばったのではないか。

いま思えば、桶垣郷之丞の全身には妙なこわばりがあったような気がする。

――しくじった。

昨日、郷之丞から目を離さなければ、おぬいが、かどわかされるような羽目にはならなかったのではないか。

直之進はほぞを嚙んだ。だが、いま後悔したところではじまらない。

――よし、行くしかない。

直之進は目の前の屋敷を見つめた。もはや猶予はない。おぬいを救い出すなら、一刻も早いほうがいい。

長屋門とぐるりを巡る高い塀が、直之進の眼差しをはじき返すようにそそり立っている。

朝方やってきたときに嗅いだ下屋敷内のざわついた気配は、おぬいが連れ込まれたゆえではなかったか。

伊沢要一郎は、今もおぬいを慰《なぐさ》んでいるかもしれない。

もはや、夜を待ってなどと悠長なことはいっていられない。

――今しかない。

腹を決めた直之進は、刀の下げ緒で襷《たすき》掛《が》けをした。

「湯瀬さま、いったいどうされるおつもりですか」

目をみはっておけいがきく。

「まさか、この屋敷に忍び込むんじゃないでしょうね」

「そのまさかだ。おぬいさんを助け出さねばならぬ」

「湯瀬さま、大丈夫ですか」

「大丈夫だ」

目を細めて笑い、直之進は請け合った。

「こう見えても、腕には覚えがあってな」

直之進は刀の柄を叩いてみせた。

「そ、そうなのですか」

それでも、おけいは案じ顔である。

「おけいさん、任せておけ。おぬいさんを救い出し、また必ず戻ってくるゆえ」

「は、はい。待っています」

「もし町方がやってきたら、ここで待っているようにいってくれぬか」

「はい、承知いたしました」

「では、ちょっと行ってくる」

いうや直之進は欅の陰を飛び出し、道を一気に横切った。塀が間近に迫ったところで思い切り跳躍し、両手を万歳するように伸ばす。がしっ、と音がし、塀のいちばん上に手がかかった。

だが、体を持ち上げようとした途端、左手が塀から外れた。しまった、と思ったが、それでも、右手は塀を離さなかった。

右手だけで体を支えながら、直之進は左手を改めて頭上に伸ばした。左手の指の何本かが塀の上にかかったのがわかり、同時に両足で塀をかいた。

それで少しだけ勢いがつき、両手が完全に塀にかかった。さらに体を持ち上げた直之進は両腕を曲げて、肘で支えにした。これで少し楽になり、ふう、と息をついた。

——なんとか無様な姿を見せずにすみそうだな。しかし、塀を越えるだけだというのに情けない。

顔を上げ、下屋敷内の木々の深い庭を眺めた。人は一人も見当たらない。

ふと、背後でなにやら気配が動いた。直之進は、はっとして振り返った。

どうしたのか、いきなりおけいが走り出していたのだ。

いったいなにがあったのだ、と思ったが、声をかけても届かないところまで、すでにおけいは行っている。

おけいのことは気になったが、今はとにかくこの塀を越えなければならない。

直之進は両手の力を使って、全身を塀の上にのせた。

塀の上に腹這いになったのも束の間、直之進は塀を飛び降りた。庭に降り立つや松の大木に身を寄せ、素早くしゃがみ込む。

相変わらず、庭内には人けがない。静寂が霧のように漂っている。

直之進が敷地内に忍び込んだことを覚り、駆けつけてくる者もいない。

鬱蒼《うっそう》とした木々の向こうに、瓦屋根が見えている。あれが母屋だろう。数え切れないほど部屋がありそうな宏壮《こうそう》な屋敷である。

とても無役の貧乏旗本のものとは思えない。あれだけの屋敷を所有し続けるだけで、莫大な金がかかるにちがいない。

母屋からは、先ほどのざわついた感じはすっかり消えている。

これはどういうわけなのか、と直之進は首をひねった。

てきた。

だが、考えたところでその答えが出るはずもなかった。

松の大木の根元にしばらくしゃがみ込んでいると、おびただしい数の蚊が寄ってきた。

うっとうしいことこの上なく、もともとこの場所に長居する気がなかった直之進は松の陰をあとにした。

母屋は静かなままだ。人の気配はかすかに感じられるようになったが、ざわついてはいない。どこかひそやかに動いているような感じを受ける。

庭を突っ切るようにまっすぐ進むと、濡縁の設けられた部屋の前に出た。

隣り合った部屋も障子がすべて閉め切られており、中は見えなかったが、なにかがうごめいているような気配が感じ取れた。

——これはなんだ。大勢の者がいるようだ。伊沢要一郎警護の者だろうか。うむ、そうかもしれぬ。

不意に、女の押し殺したうめき声が耳に届いた。

むっ、と顔をゆがめた直之進は音もなく濡縁に飛び乗った。

女の苦しそうなうめき声は続いている。

まちがいあるまい、と直之進は思った。やはり伊沢要一郎はおぬいを慰んでいるのだ。

――警護の者どもがいるからと、ためらってなどおられぬ。

障子をさっと横に滑らせるや、直之進は座敷に躍り込んだ。

男が一人、布団に横たわった女の上に覆いかぶさっている。あれが伊沢要一郎か。女はおぬいだろう。

二人とも着物は着たままだが、向こう側を向いた女は必死に身をよじり、男から逃れようとしているように直之進には見えた。

庭に面した部屋で、まさかことに及んでいるとは夢にも思わなかった。

「そこまでだ」

土足で座敷に上がり込んだ直之進は怒鳴りつけ、荒々しい歩調で近づいた。

女の上にいた男がつと顔を上げ、首をねじってこちらを見た。直之進とまともに目が合う。

「むう」

我知らず直之進は声を発していた。

「桶垣郷之丞――」

ふふ、と笑って郷之丞が立ち上がった。刀架の大刀を手に取り、腰に帯びる。

厳しい目で直之進はにらみつけた。

「きさまがおぬいさんをかどわかし、手込めにしていようとはな」

郷之丞が不思議そうな顔で直之進を見る。

「おぬいだと。それはいったい誰のことだ」

「そこにいる女だ。名も知らずに、かどわかしたのか」

「湯瀬直之進、おぬし、なにか誤解をしておるようだな。おぬいなどという女は、ここにはおらぬ」

「だったら、そこにいる女は誰だ」

「おい、顔を見せてやれ」

はい、と素直に答えた女が裾を直して立ち上がり、直之進を見つめた。

「――お、おけいさん」

なぜここにおけいがいるのか、直之進には一瞬わからなかった。他人の空似なのか、と思ったくらいだ。

だが、すぐさまどういうからくりなのか、解した。

「なるほど、ぜんぶ芝居だったのか」

苦笑を漏らして直之進はいった。今は笑うしかなかった。

なにしろ、おけいの演技はすさまじいとしかいいようがなかったのだ。本当に騙された。

——俺が塀を乗り越えようとしたとき、あの場を駆け去ったのは、この座敷に来るためだったのか。

多分、塀沿いに道を走り、裏門からこの屋敷に入り、急いでこの座敷にやってきたのだろう。

ご苦労なことだ、と直之進は思った。

襖を隔てた隣の間に、人の気配が満ちはじめているのが知れた。伊沢家の家臣たちにちがいあるまい。

直之進の背後の庭にも、家臣が集まっているのがわかった。全員がすでに抜刀しているようだ。

二千八百石の旗本家といっても、刀をまともに扱える家臣は、二十人もいないのではないか。

伝わってくる雰囲気からも、遣い手というべき者は一人もいないように思えた。いちばん遣えるのは郷之丞だろう。

だからといって、油断はできない。直之進は表情を引き締めた。

「すべては俺をここに誘い込むための策だったのか。屋敷に入り込んだ俺を、有無をいわさずに殺すという寸法だな」

――俺を殺したあと、郷之丞はなにをする気なのか。

決まっている。

直之進という盾を失ったおきくをかどわかし、忠臣面《ちゅうしんづら》で伊沢要一郎にうやうやしく供するつもりなのだろう。

もっとも、直之進をこの下屋敷に誘い込んだのは、要一郎の命だったのかもしれない。それほど要一郎は、おきくに執心なのだ。

そこまでして、と直之進は思った。おきくを我が物にしたいとは、伊沢要一郎はやはり常人ではない。

どんなことがあろうと、と直之進は思った。おきくを伊沢要一郎に渡しはせぬ。

――俺はおきくを守り切る。

おきくのことを思ったら、精気がみるみるうちに湧いてきた。心の壺に、なみなみと力の水がたたえられる。

直之進は郷之丞を見据えた。

「俺はこのようなところで死なぬ」

腰を落とし、殺気を全身にみなぎらせる。

「樋垣郷之丞、俺を密殺しようとしたことが裏目に出ることになるぞ。よいか、脅しでなくいっておく。俺はきさまらを皆殺しにする。それゆえ、それが誰の仕業によるものか、外に漏れることは決してなかろう」

直之進は、隣の間との敷居である襖に目を当てた。

「どうやら、おぬしの主君は息を殺して、こちらの様子をうかがっておるようだな。むろん、おぬしらと一緒にあの世に送ってやる」

直之進は口を閉じた。

郷之丞が瞳を険しくしている。これは、伊沢要一郎まで容赦なく殺すといったからではないか。

「長広舌《ちょうこうぜつ》はそこまでか」

直之進を憎々しげにねめつけて、郷之丞がいった。

「いや、まだききたいことがある」

かぶりを振り、直之進は平静な声音で郷之丞にいった。

「おけいは何者だ」

おけいは、今も郷之丞のそばにくっついて離れようとしない。

「わしの妻よ」

郷之丞がためらいなく告げた。声には愛おしさが込められているように感じられた。

そうだったのか、と直之進は目を丸くした。

「おけいは武家の出なのか」

それにしては、あまりに町人の女房役が嵌まりすぎてはいないか。

「元は町人だ。それがわしの妻となった」

「ほう、そうだったか」

町人の娘が武家の妻となるなど、なんら珍しいことではない。おきくもそうではないか。

「おけいも、伊沢要一郎の命で動いたのか」

「ちがう」

毅然とした口調で郷之丞が否定した。

「わしのためだ」

「おぬしのために、あれだけの芝居をしてのけたというのか」

ずいぶんと惚れられているのだな、という言葉を直之進はのみ込んだ。

からりと左側の襖が開けられた。
七、八人の侍がずらりと立ち、刀を構えている。庭にいる侍も似たようなものだろう。どうやら数だけはそろえてはいるものの、大した腕を持つ者はやはりいない。
直之進は、ちらりと左側を見た。侍たちの背後にいる、えらが張り、小ずるそうな目をした男がどうやら伊沢要一郎らしい。髪がほとんどないのか、小さな髷《まげ》が頭にちょこんとのっている。

頭の中で想像していた顔と、ほとんど変わらないような気がする。

直之進は要一郎から目を離し、郷之丞を見つめた。

「よし、そろそろやるか、桶垣郷之丞」

潮時だ。

直之進は判断した。この屋敷に長くいることに意味はない。さっさとけりをつけたほうがよい。

「よかろう」

覚悟を決めたらしく郷之丞が答え、背筋をすっと伸ばした。

「よいか、桶垣郷之丞」

直之進は朗々とした口調で宣した。

「皆殺しにするとの言葉は脅しではないぞ。心してかかってこい」

「ほざけっ。必ずあの世に送ってやる」

それは直之進にいったのではなく、主君に決意のほどを知らせたかったように聞こえた。

鞘走る音をわずかにさせて、郷之丞が抜刀した。直之進も刀を抜き放った。

「下がっておれ」

おけいに命じるやいなや、先手必勝とばかりに郷之丞が音もなく走り寄ってきた。四間ばかりあった間合が、一気に一間に詰まる。

腕の差は歴然としているというのに、と直之進は思った。なにゆえ戦うのか。無駄でしかないではないか。

しかし郷之丞自身、無駄とは思っていないのかもしれない。今度は勝てると踏んでいるのか。

——それが勘ちがいにすぎぬことを、思い知らせなければならぬ。

郷之丞が胴に刀を振ってきた。

鋭い振りだが、直之進の目にはよく見えていた。郷之丞の刀を打ち落とすように、直之進は自らの刀を振り下ろした。

ぎんっ、と音が耳を打ち、直之進の手にわずかなしびれが走った。

上から打たれたことで刀を畳に叩きつけられそうになったものの、郷之丞はぎりぎりのところでなんとかこらえ、素早く後ろに下がって体勢を立て直そうとした。

だが、その前に直之進は間合を詰め、郷之丞に向かって刀を打ち込んでいた。狙いは郷之丞の右腕である。刀を軽く入れて、腕に傷を負わせる気でいる。そうすれば、郷之丞は刀を振れなくなる。

しかし郷之丞はうまく横に逃げ、直之進の斬撃をかわしてみせた。なかなかやる、と直之進は思った。おけいが見ているからか。男というのは妻にはいい恰好を見せたいものだ。

直之進は刀を正眼に構え、わずかに息を入れた。伊沢家の家臣を皆殺しにする気など、端からない。郷之丞を討ち取るつもりすらないのだ。

伊沢要一郎を捕らえ、身柄を目付の手に渡すことができれば、それで十分と考えている。

郷之丞が正眼から八双《はっそう》に構えを移した。そのとき左手にわずかな隙ができた。それを見逃すことなく直之進は突っ込んだ。

狙いは郷之丞の左手の甲である。ちょうど郷之丞が墨であざを書いたあたりだ。直之進は斜めに刀を振り下ろしていった。

だが、直之進の斬撃は郷之丞の腕をかすめただけだった。体をひねることで、郷之丞がかろうじてよけてみせたのである。

どうやら、と直之進は刀を引き戻して思った。手加減が過ぎたようだな。

そのせいで斬撃に切れがなくなり、郷之丞にまたもかわされてしまったのだ。生きた心地がしないという風情で、おけいが夫の戦いぶりを見守っている。瞳が飛び出しそうになっている。

まさかとは思うものの、郷之丞の命を救うためにおけいが身を投げ出してくることも、頭に入れて戦わなければならない。

二間ばかりを隔てて郷之丞は刀を再び八双に構え、直之進を見つめている。直之進も再度、正眼に構えを取った。

郷之丞はすでに、はあはあ、と肩で息をしはじめている。

確かに真剣での勝負は、互いの神経をずたずたに切り裂き合うようなものだ。

だが、このくらいで疲れ切ってしまうようでは、郷之丞はこれまでほとんど真剣での修羅場を経験したことがないのではあるまいか。

――このざまは俺を誘い込むための罠ではあるまい。

仮に郷之丞がなにか策を立てているとしても、力量にこれほどの差があれば、そんなものはたやすく打ち破れる。

それだけの自信が直之進にはあった。雀がどんな策略を企てようと、鷹には決して勝てないのと同様である。

不意に、郷之丞の瞳にいぶし銀のような光がたたえられた。

――なんだ、あの目は。

直之進が思った瞬間、郷之丞が後ろに跳ね飛んだ。一瞬で四間ほど隔てた場所に立ち、直之進を見据える。

直之進はつけ込むことはできなかった。それだけ郷之丞の足の運びは素早かった。

相変わらず足さばきだけは達者だな、と郷之丞を見つめて直之進は思った。

いきなり郷之丞が刀を前に突き出した。刀は大気をえぐった。

間合ではないところで、いったいなにをしようというのか。直之進は身じろぎせずに郷之丞を見守った。

前に突き出した刀を、郷之丞が今度はひゅんひゅんと十字に振った。

まるで話に聞く忍びの者が印《いん》を結ぶのを、刀でしてみせたようだ。

――なんの真似だ。

眉根を寄せた直之進は郷之丞をいぶかしげに見た。

郷之丞が様子をうかがうような目で、直之進をじっと見返している。

印を結んだような仕草に、なんの意味があるというのか。直之進は考えたが、さっぱりわからなかった。

次の瞬間、どうりゃあ、と腹の底から気合を発した郷之丞が、だん、と畳を蹴り、勢いよく斬り込んできた。

またも間合が一気に縮まる。

直之進を間合に入れるや、郷之丞が袈裟懸けに刀を振ってきた。

あわてず騒がず直之進は冷静に横に動いた。郷之丞の斬撃をかわし、今度こそ腕を斬り、郷之丞から戦う力を奪うつもりでいる。

郷之丞の刀は左肩から右腰までをかすめるようにして行き過ぎていったが、直之進は心の臓が跳ね上がるようなことはなかった。郷之丞の太刀筋は見極めており、余裕を持ってかわしたのだ。

すぐに反撃に移ろうとしたが、どういうわけか刀を持つ手が重く、自由が利かない。足も根が生えたように動かない。

どういうことだ。直之進は戸惑った。

その直之進を見て、郷之丞がぎらりとした光を瞳に宿す。

——これか。

直之進は覚った。郷之丞に術をかけられたのではないか。撫養知之丞は人に薬をのませることで人を自在に操る術をおのがものとしていたが、郷之丞は印でこちらの体の自由を奪うことができるのだ。

とにかくこの手の重さは、と直之進は奥歯を嚙み締めた。尋常ではない。

こんな技を隠し持っていたのか。

だから、郷之丞は無謀としか思えない勝負を挑んできたのだろう。勝算があったのだ。

直之進に術が完全にかかったのを確信したか、郷之丞が躍りかかってきた。またも袈裟に刀が振られる。

手は上がらず、足も動かない。直之進は必死に全身に力を込めた。かろうじて手首の自由だけは利くことがわかった。直之進は手首だけを動かし、刀を立てた。

間に合ったのか、直之進にはわからなかった。がきん、と激しい音が立ち、手のうちから刀が飛ばされそうになった。直之進の刀の峰が左肩に食い込み、ひどい痛みが襲ってきた。

だが、斬られてはいない。

直之進の反撃を恐れたかのようにさっと後ろに下がった郷之丞が、呆然としている。印の術による斬撃を受けられたことが、今も信じられないようだ。

思い直したように郷之丞が背筋を伸ばした。もう一度突っ込んでくる気だ、と直之進は覚った。郷之丞の瞳には、相変わらずいぶし銀のような光が浮いている。

直之進は、はっとした。

——あの目だ。目の光だ。あれが術の元だ。

印を結ぶかのように刀を振ったのは、ただの目くらましに過ぎない。

郷之丞が畳を蹴り、再び突っ込んできた。

同時に直之進は目を閉じた。視野からすべての物が消え失せ、真っ暗になった。

郷之丞が間近に迫り、刀を逆胴に振ってきたのを直之進は知った。その郷之丞の像が脳裏にはっきりと映り込んでいる。

だから、どう動けばよいか直之進は目をつぶっていてもわかった。術から解き放たれたせいか、すでに手足には力がみなぎっている。

左からやってきた刀を、直之進は自らの刀で受けるつもりはなかった。郷之丞の斬撃が自らの体に届くよりも速く前に出て、刀を突き出していく。刀尖《とうせん》が郷之丞に向かってまっすぐ伸びていくのが目に見えるようだった。

それは思いもかけない攻撃だったらしく、郷之丞の戸惑う気持ちが波のように直之進に伝わってきた。

郷之丞は体をひねることで直之進の突きをかわす道を選んだようだ。だがそのときには直之進の突きは、郷之丞の左肩の肉を貫いていた。

手応えらしいものはなにも残らなかったが、刀尖が郷之丞の背中側に出たことを直之進は解した。

すぐに刀を引き戻し、正眼に構えた。

「あなたさまっ――」

大気を引き裂くようなおけいの叫び声が耳に届いた。

それを合図に、直之進はまぶたをゆっくりと持ち上げた。

郷之丞が、力尽きたように畳に片膝をついていた。刀は右手で握ってはいるものの、刀尖は下を向いている。

左肩から血が泉水のようにあふれ、着物を伝って流れ出している。ぽたりぽたりと畳にしみをつくっていく。

すでに郷之丞は明らかに戦意を失っていた。

「あなたさまっ」

畳をかくようにしておけいが駆け寄り、郷之丞をかき抱いた。顔を上げ、直之進をきっと見る。般若《はんにゃ》の形相をしていた。

「この人を殺すのならば、私から殺してください」

それには答えず直之進は、他の家臣たちをにらみつけた。

左側の座敷と背後の庭に十五人ほどの者がおり、いずれも刀を正眼に構えている。どの目にもおびえの色が浮かんでいた。

「やるのか」

直之進が一喝するようにいうと、伊沢家の者たちは怖気《おじけ》づいたように目を伏せた。刀尖が一斉に下を向いた。どうやら伊沢要一郎のために命を捨ててもよいと思う者は一人もいなさそうだ。

「斬れっ、斬るのだ」

左側の座敷の一番後ろにいる要一郎らしい男が絶叫した。

「かかれ。かかれというに」

だが、家臣たちは誰一人として動こうとしない。まるで郷之丞の術にかかっているかのように足は畳にぴたりと貼りついている。

要一郎をにらみつけた直之進は踏み出し、左側の座敷の敷居を越えた。家臣たちが次々に横にどき、道を空けていく。誰もがこわごわと直之進を見ているだけだ。

ずんずんと進んで、直之進は要一郎の前に来た。刀を一閃させれば、首を刎《は》ね飛ばせる位置である。

要一郎はあまりの恐怖のためか、まったく動けないようだ。震える唇を開いて、なにかいおうとしているようだが、言葉にはならない。

——殺すか。

このねずみのような男の首を刎ねたい衝動に、直之進は駆られた。

そのとき、背後でうめき声がした。直後、おけいがつんざくような悲鳴を上げた。

「あなたさまっ」

さっと直之進は振り返った。

いつの間にか、直之進の背後に郷之丞が這いずるようにしてやってきていた。血の帯が畳にべったりとついている。

驚いたことに、郷之丞が腹に脇差を突き立てていた。それを横へぐいっと引こうとする。

直之進はすぐさまかがみ込み、郷之丞の手をがっちりとつかんだ。よこせ、といって脇差を力ずくで取り上げ、背後に放り投げる。

それで気力を失ったか、ああ、と嘆声を放って郷之丞ががくりとうなだれた。そのまま畳に横になる。

「あなたさま」

おけいが郷之丞を必死に抱き起こす。それに応えるように力を振りしぼって体を起こした郷之丞が、直之進を充血した目で見る。裏腹に、顔は血の気を失っていた。

「湯瀬どの」

唇をわななかせて郷之丞が呼びかけてきた。

「頼む。わしの命と引き換えに、我が殿の命を助けてくれ」

必死に懇願してきた。郷之丞の腹から血がだらだらと流れ出し、着物を赤黒く染めている。

「あなたさま」

どうすればいいのか、おけいにはわからないようだ。途方に暮れたような涙顔で郷之丞の腹を手で押さえている。

直之進は伊沢要一郎をじろりと見た。要一郎は呪縛が解けたかのように体をひるがえし、走り出そうとした。

一歩踏み出した直之進は、要一郎に向かって刀を払った。

ぴっ、とわずかな音が立ち、要一郎のほとんどない髪がばさっと垂れてきた。髷を飛ばされたことを知った要一郎が、ああ、と情けない声を上げてへなへなとへたり込んだ。

「伊沢要一郎っ」

声を鋭くして直之進は叫んだ。

「こちらを向け」

「く、首を打つ気か」

かすれたような声で要一郎がいった。

「そのような真似はせぬ」

直之進は要一郎に告げた。

「刎ねる気なら、今でも刎ねられる。早くこっちを向け」

おそるおそるという感じで、要一郎が振り向いた。

「よいか。きさまを殺しはせぬ。だが、こたびの一件については、俺が懇意にしている公儀の者に伝えておく。ゆえに、いずれきさまには沙汰があろうが、その前に身を処しておくことを勧めるぞ」

直之進の頭に浮かんでいるのは、勘定奉行の配下で、札差に身をやつして江戸市中に目を光らせる淀島登兵衛《よどじまとうべえ》である。あの男に伝えれば、相応の仕置きのための手はずを取ってくれるはずだ。

「わかったか、伊沢要一郎」

「わ、わかった」

要一郎は首をがくがくと動かした。本当に直之進に殺す気がないのか、うかがうような目をしている。

　直之進は要一郎に近寄るや、刀を一閃させた。

　がつっ、と音がし、要一郎が木偶《でく》人形のようにくずおれた。引っ繰り返された蛙のような恰好で気絶している。唇が切れ、そこから血が出ている。

　直之進は刀の柄で要一郎を思いきり殴りつけたのだ。それだけでは気がおさまらず、頭を蹴りつけたかったが、そこまでやったら殺してしまうかもしれない。

　深く息を吸い込んで直之進は刀を鞘にしまい、郷之丞のほうに向き直った。

　足早に近づくや郷之丞を背中に担ぎ上げる。

「どうする気ですか」

　血走った目でおけいが見上げてくる。

「知れたこと。手当をしなければならぬ」

　伊沢家の下屋敷を出た直之進は郷之丞を担ぎ、秀士館に向かった。後ろをおけいがついてくる。

　秀士館に連れていけば、雄哲の手当を受けられるのだ。

　郷之丞はきっと助かる。直之進は確信している。

「ゆ、湯瀬、ど、どの」

背中の郷之丞が、途切れ途切れに言葉を口にする。

「しゃべるな。傷に障るぞ」

直之進は郷之丞にいった。

「い、いや、お、おぬしには、是非とも、き、聞いて、もらいたい、のだ」

必死の面持ちで郷之丞がいったのが知れた。

黙れといったところで郷之丞はきっと話し続けるだろう。

直之進は郷之丞にうなずいてみせた。ほっとしたように郷之丞が口を開く。

「わしはもともと旗本の山梨家の家臣だった」

「えっ、そうなのか」

驚いて直之進は肩越しに郷之丞を見た。

「山梨家といえば、秀士館の建ったところに下屋敷があった旗本だな」

「そうだ。よく知っておるな」

「うむ」

「五年前のことだ、山梨家は取り潰しに遭った。このことも知っておるか」

「当主の石見守さまは下屋敷に火を放って自害されたそうだな」

「その通りだ。主家が取り潰しになり、わしら家臣は路頭に迷った。その心労からか、おけいまで病に倒れてしまった」

それを聞いておけいがすまなげな顔になったのを、直之進はちらりと見た。

「窮迫していたわしらを伊沢家が拾ってくれたのだ」

「なにゆえ伊沢家がそのようなことをしたのだ。伊沢要一郎には似つかわしくない行いのように思えるが……」

「手前味噌になるが、わしは焼物と掛軸の見立てにはいささか自信がある。山梨家に仕えていた頃から、今の殿とはお付き合いがあり、わしのことを認めてくださっていた。わしの剣の腕前もご存じだった」

「それで、伊沢要一郎が浪々の身となったおぬしに声をかけてきたのか」

「実にありがたかった。ゆえに我が殿に忠誠を誓うのは当たり前のことなのだ」

救ってもらったから、要一郎に返しきれないほどの恩義を感じていたということか。しかし、もし桶垣郷之丞が骨董などに造詣が深くなかったら、要一郎は見向きもしなかったということだろう。趣味が身を助けたという見方もできようが、やはりあんな下司《げす》侍に、いわれるままに忠義を尽くすのは直之進には理解できない。

「このあいだもいったが、侍は命を賭して主君に仕えるものだ。やれと命じられたら、やるしかないのだ」

　息も絶え絶えにいったが、郷之丞の目はまだ輝きを保っている。

「山梨石見守さまが火事で亡くなったとき、わしは殉死を考えた。だが、どうしても死ねなかった。わしには、それだけの覚悟がなかった」

「石見守さまはまちがいなく自死だったのか」

　富士太郎が生きているかもしれないと考えて探索に励んでいることを念頭に直之進はたずねた。

「そうだ。伊達家と諍いになった際、もし取り潰しになるようなことがあれば、下屋敷に火を放って死ぬ、とおっしゃっていた。石見守さまは、あの下屋敷をことのほか気に入っておられた」

　そうだったのか、と直之進は思った。富士太郎は、まだ石見守が生きていると思っているのだろうか。

「こたびは、殿のために死ねる。わしはそれがうれしくてならぬ」

　半分あの世に足を踏み入れたような恍惚《こうこつ》とした顔で、郷之丞がいった。すでに目を閉じかけている。

「死なせはせぬ」

直之進は郷之丞を怒鳴りつけた。

「目を開けろ」

しかし、精も根も尽き果てたように郷之丞が、がくりと首を落とした。

「あなたさま」

おけいの悲痛な声が、あたりに響き渡る。

顔を上げ、直之進は前を見やった。もうすぐのはずだが、まだ秀士館の建物は見えてこない。

――くそう。

今日に限ってなにゆえこんなに遠いのか。

今の直之進にできるのは、秀士館に向けてただ足を速めることだけだった。

二

佐之助は軽く息をついた。

定岡家についての調べは一応、終わった。

今の当主は目付ではない。末期《まつご》養子《ようし》も同然に跡を継ぎ、無役である。

末期養子とは、武家の当主が急死した際、家を断絶させぬために火急に縁組みをととのえて養子を迎えることをいう。

定岡家の当主はまだ若いが、おそらくこの先、実入りのよい役職に就くことはないだろう。佐之助はそんな気がしている。なにか、これぞというきっかけがなければ、定岡家が日の目を見ることはなさそうだ。

末期養子というのを、やはり公儀はひどく嫌うものなのだ。

いま佐之助は秀士館の敷地内にある喜与姫の祠近くにいる。だいぶ普請が進んでおり、石垣がしっかりと積まれはじめている。

相当頑丈そうだ。これなら少々の長雨で崩れることはないだろう。

佐之助は木陰にある石に腰かけている。いい風が吹き込んでくる。

ここで思案すれば、さまざまな想念が浮かんでくるのではないかと思ってやってきたのだ。この場所には、よい気が漂っているような気がしてならない。

これはきっと、と佐之助は考えた。喜与姫が善性寺に葬られたことと無関係ではあるまい。喜与姫は大左衛門の処置を喜んでいるのだ。

それはよいとして、と佐之助は思った。今は定岡内膳のことだ。

定岡内膳はかどわかされて、この地に連れてこられた。そして金槌で頭を殴られて殺され、地中に埋められた。

さらって殺したのは永井孫次郎だ。

まちがいない。

だがなぜ金槌なのか。なにゆえ斬り殺さなかったのか。

疑問が湧いた。

これは永井孫次郎にきかねばならない。

――よし、行くか。

自らに気合をかけ、佐之助は立ち上がった。

今日も道場の稽古を休むことになって悪いと思うが、今はこちらのほうが大事なような気がする。

どちらに行くのがよいか。

孫次郎が師範代をつとめている道場か。それとも、妻と子とともに暮らしている長屋か。

さすがにこの刻限なら道場だろう。

佐之助は富坂新町に向かった。

佐之助に気づき、竹刀を持つ手を下ろした。

「おぬしか」

永井孫次郎が、道場の隅に立つ佐之助に近寄ってきた。

道場内は汗のにおいと気合に満ちている。いい道場だ、と佐之助は思った。

孫次郎が佐之助をじっと見る。

「なにやら話があるような顔だな」

「あるさ」

佐之助は孫次郎を見返して答えた。

「あまりよい話ではなさそうだ」

「定岡内膳のことだ」

孫次郎が、うっすらと笑んだ。

「ついにそこまで調べ上げたか」

「定岡内膳を殺し、埋めたのはおぬしだと認めるのか」

「さあて」

孫次郎が、にやりと笑む。

「俺はおぬしを捕まえる気などない。真実が知りたいだけだ」

また孫次郎が佐之助を見つめてきた。

「うむ、嘘はついておらぬようだ。それにしても倉田どの、いろいろ調べたようだの」

淡々とした口調で孫次郎がいった。

「よかろう、その苦労に免じて話してもよい」

佐之助は孫次郎をじっと見た。

「まことか」

「その前に――」

決意を秘めた目で孫次郎がいった。

「おぬしと立ち合いを所望したい」

思いもかけない申し出だ。孫次郎が続ける。

「これまでいろいろあって、倉田佐之助という名を失念していたが、わしはようやく思い出した。あれからかれこれ十年もたってしまったが、対抗試合の際、わしはおぬしと是非とも立ち合いたかった。おぬしの評判は聞いておったからな。しかし、それはうつつのものにならなんだ。あのときの思いをこの場でかなえたい」

「承知した。ここでよいのか」

佐之助の言葉を聞いて、孫次郎がにやりとする。

「それは、門人たちの前でこてんぱんにのしてよいのか、ときいておるのだな」

「そういうことだ」

「その覚悟はできておる。わしがぶざまな姿を見せたからといって、門人たちが去っていくとは限らぬ」

「まあ、そうだな。この門人はおぬしを好いておる。おぬしのことが好きで、ここに通っておるのだな。そのことは道場の雰囲気に色濃く出ておる」

「うれしい言葉だ。よし、倉田どの、やるか」

「よかろう」

孫次郎が、稽古中の門人全員を壁際に寄せた。

「今から模範試合を行う。こちらは倉田佐之助どのといわれる。恐ろしく強いお方ゆえ、瞬きすることなく技を見ておくように」

門人たちが一斉にうなずく。どれくらい強いのだろう、と門人の誰もが興味津々の眼差しである。大したことはないのではないか、と疑っている門人も少なくない。

壁に立てかけてあった竹刀の一本を佐之助は無造作に手に取った。

すでに孫次郎は道場の中央に立っている。佐之助は孫次郎の前に進んだ。

「倉田どの、防具は」

「いらぬ」

にべもない答えをきいて、面の中の顔が苦笑に変わる。

審判役をつとめる者はいない。その必要など、佐之助も感じていなかった。佐之助は竹刀を正眼に構えた。

それだけで、おお、と門人たちにどよめきが走った。佐之助の構えから、並みの遣い手でないことを感じ取ったのだ。どれだけ強いのか。期待の目が佐之助に注がれる。

どうりゃあ。

なんのためらいもなく孫次郎が突っ込んできた。上段から竹刀を落としてくる。

佐之助は無造作に弾き上げた。がつっ、と音がし、孫次郎が後ろによろけかけた。すぐに体勢を立て直し、再び突進してきた。

佐之助の胴を払いにきた。

佐之助は竹刀を振り下ろし、孫次郎の竹刀を折れよとばかりに叩いた。ばしっ、と音が立ち、孫次郎の竹刀が床を打つ。

はね上がる勢いを利して、孫次郎が竹刀を振り上げてきた。

これだ。かつて、同じ道場の仲間が倒されてきた技だ。

それを佐之助はあっさりとかわし、孫次郎の内懐にすっと入った。あっ、という声を孫次郎が発した。その瞬間、孫次郎が後ろに吹っ飛んだ。

孫次郎は背中から落ち、床板の上をずずずと滑ってようやく動きを止めた。

門人たちは、佐之助の突きのあまりのすさまじさに声もない。ただ呆然としていた。

横たわっている孫次郎は、息ができないようだ。歩み寄った佐之助は孫次郎を抱き起こし、背後から活を入れた。

いきなり孫次郎が咳き込んだ。しばらく苦しそうに咳をしていたが、やがておさまった。

「強いなあ」

感嘆の思いを隠すことなく、振り返りながら孫次郎がいった。

「おぬし、若い頃よりもずっと強くなっておるではないか」

「まあ、いろいろあったゆえな」

「真剣勝負か」

「そうだ」

佐之助は孫次郎の顔をのぞき込み、ささやくようにいった。

「定岡内膳の話を聞かせてくれ」

「承知した」

すっきりとした顔で孫次郎がうなずいた。

「これで思い残すことはない。さて歩きながら話すか」

佐之助と孫次郎は道場の外に出た。孫次郎は大事そうに一本の刀を腰に帯びた。ひとときも離さぬ、という感じだ。

歩きながら孫次郎が、問わず語りに話をはじめた。

「定岡内膳が我が殿を裏切ったことを知ったのは、伊達家の留守居役と料亭でよろしくやっているのを目の当たりにしたからだ。わしはちょうどその料亭に今の道場の師範に招かれて来ていたのだ」

孫次郎の目に怒りが宿ったのを、佐之助ははっきりと見た。

「わしはすべてが茶番だったのをそのとき知った。許さぬ、と決意したのだ。内膳と伊達家はいつからかしっかりとつながっておった。評定所の裁定は山梨家に不利に傾いておると、内膳は我が殿に知らせてきた。それでしぶしぶ我が殿は内済にすることを容れたのだ。しかし、伊達家の殿さまはそれだけでは飽き足らず、わざと我が殿を怒らせた。内済の金を我が殿に投げ返したのも計算づくだったのだ。殴りつけられたといっても大した怪我ではなかったはずだが、一月ものあいだ寝込んだことにしたようだ」

「なにゆえ伊達家はそこまでしたのだ」

「内膳は、はなから山梨家を取り潰しに追い込む気であったようだ。そのことは内膳からじかにきいたからまちがいない。あの男は、いつからか我が殿のことを殺したいほど憎んでおったらしい」

「二人のあいだになにがあったのだ」

「つまらぬことらしい。お若い頃、同じ家塾で学んでおられてな。そのときの諍いが元のようだ」

「片棒を担いだ伊達家の殿さまには復讐を考えなかったのか」

「伊達家の殿さまはその直後、病を得て死んでしまった。手の出しようがなかった」

「だが、内膳には復讐した」

そうだ、と孫次郎がいった。

「内膳には妾がいた。その家に忍び込み、内膳が厠に立ったところを気絶させて外に運び出したのだ。下屋敷跡の更地に内膳を連れていき、すべてを自白させた。そのときにわしは我が殿の愛刀を帯びていた。これがそうだ」

孫次郎が刀の柄をいとおしそうにさする。

「この刀を使う気は、わしにはなかった。やつの血で穢《けが》したくなかったのだ。近くに落ちていた鋭利な石を使い、やつを殴り殺した」

「それで埋めたか」

「喜与姫の祠のあたりは、特に我が殿が気に入られていた場所だった。我が殿の霊魂が漂っているなら、あのあたりではないかとわしは思っていた。必ず内膳を殺すところを見せて差しあげようと考えていたのだ。目の当たりにできて、我が殿もきっと成仏できたはずだ」

喜与姫の祠のあたりにいい気が漂っているのは、そのせいなのか、と佐之助は思った。

「話はよくわかった」

佐之助は孫次郎に背を向けた。

「妻子を大事にしろ」

「わしを捕らえぬのか」

「捕らえる気はないといったはずだ」

「そうか」

孫次郎はその場に立ちすくんだようになっている。

「実をいうと、あの二人は俺の妻子ではない。殿の奥方と忘れ形見だ。今はわしの妻子も同然になってはおるが」

そうだったのか、と佐之助は思った。

「おぬし、あの二人のために金を貯めておるのだな」

門弟の数が多い菊田道場の師範代にもかかわらず、裏長屋に住んでいるのはそういうことだろう。

「わしは人を殺《あや》めた。なにがあるかわからぬゆえ」

「とにかく二人を大事にしろ」

いい捨てた佐之助は、くるりと体を返して一人歩きはじめた。

三

佐之助とときを合わせるかのように、富士太郎は定岡家のことを調べていた。

定岡家に出入りしており、代替わりとともに取引を打ち切られた得丘屋《とくおかや》という呉服屋のあるじから詳しい話を聞けたのが収穫だった。

得丘屋のあるじは壱右衛門《いちえもん》といい、目に力のある年寄りだった。定岡家のことを知りたいというと、すぐに店の奥の間に富士太郎と珠吉を引き入れた。一見、口は堅そうに見えたが、定岡家に取引を打ち切られたうらみがあるせいか、舌は滑らかだった。

「定岡さまのお家は、内膳さまの当時はお目付でございましたが、今は無役でございます」

ざまあみろ、といいたげな顔で壱右衛門が話す。

「内膳さまは病死ということだけど、まちがいないかい」

「それはわかりません」

真剣な顔で壱右衛門がかぶりを振る。

「手前も内膳さまの葬儀に参列させていただきましたが、なにしろ、ご遺骸を目の当たりにした人が一人もおらぬのですよ。急死ということですが、医者もどうやら呼ばれていなかったようなのです」

それは、また不思議なこともあるものだね、と富士太郎は思ったが、白骨の主が定岡内膳ならば、うなずけようというものだ。

納得がいかないという顔で、壱右衛門が続ける。

「とにかく定岡内膳さまは、謎の死としかいいようがありませんでしたねえ。しかも、内膳さまは亡くなる直前まで、すこぶるお元気だったのですよ。手前は亡くなる一月《ひとつき》ばかり前にお目にかかりましたが、病を患っているようなところはなかったですねえ」

「そうなんだね。ところで――」

富士太郎は、新たな問いを壱右衛門にぶつけた。

「おまえさん、山梨石見守さまをご存じかい」

「ええ、よく存じております。山梨さまとも、手前どもはお取引させていただいておりましたから。お取り潰しが決まって、石見守さまは不幸な死に方をなされましたなあ。とてもお気の毒でございました」

当時のことを思い出したようで、壱右衛門がしんみりする。

「定岡内膳さまと山梨石見守さまは、竹馬《ちくば》の友だったらしいね」

「ええ、さようで」

壱右衛門がよく知っているな、という顔をする。

「内膳さまがお目付を拝命されるまで、親しくお付き合いをされていたはずでございます。二人がずっとお若い頃、同じ家塾に通われた間柄で、一緒に飲みに行くことも多かったと伺ったことがございました」

そんな古い付き合いだったにもかかわらず、定岡内膳は山梨石見守を裏切ったのだ。そして、そのことを知った何者かが、定岡内膳に復讐したにちがいない。

多分、山梨家の旧臣であろう。それも石見守の近臣と考えるのが自然だ。

どうすれば、その者を突き止められるか。

富士太郎は思案した。目の前の壱右衛門は、なにも知らないだろう。

――ふむ、竹内平兵衛どのにまた会うのがいいだろうね。

得丘屋をあとにした富士太郎はその考えを珠吉に話し、本郷竹町の平兵衛の家に向かった。

ちょうど手習が終わった刻限で、平兵衛は教場を出ていく手習子たちを見送っていた。

平兵衛は手習子たちにずいぶん懐《なつ》かれている様子だ。にこにこと手を振って手習子たちが外に出ていく。

見送りが終わるのを待って、富士太郎と珠吉は出入口の脇にある部屋で平兵衛と向き合った。

「山梨石見守さまの近臣で、主君の復讐を考えるような者に、竹内どのは心当たりがありませんか」

ほとんど前置きなしに富士太郎はたずねた。

明らかに平兵衛はぎくりとした。

「そのような人物に心当たりがあるのですね」

富士太郎はずばりといったが、平兵衛は口を開こうとしない。

まさか竹内どの自身がそうではないだろうね、と富士太郎は思った。この温厚そうな人物は復讐など考えそうになかった。

「教えてもらえぬのですね」

富士太郎は念押しした。

平兵衛はうなずき一つ返さない。ひたすら黙り込んでいる。

──仕方ないね。仲間だった者を売ることはできないんだね。

その気持ちはよくわかる。自分が平兵衛の立場だったら、やはり教えないのではないか。

「では、これで失礼します」

珠吉をうながし、富士太郎は平兵衛の手習所を引き上げた。

「さて、どこに行こうかね」

道を行きかう人の邪魔にならないように端《はし》に立ち、富士太郎はつぶやくようにいった。

「あまり闇雲に当たっても、しようがありやせんものねえ。──旦那、米田屋さんはいかがですかい」

富士太郎を見上げて珠吉が提案する。

「山梨家に人を入れたことがありやせんかね」

「うん、あるかもしれないね。家臣まではさすがに無理だろうけど、中間ならば十分に考えられるよ。山梨家の内情に詳しい中間でも見つけられたら──」

拳をぎゅっと握り締めた富士太郎は、珠吉とともに米田屋に赴いた。

驚いたことに、そこに直之進がいた。これは富士太郎にとって、うれしい驚きだった。

直之進だけでなく、おきくと直太郎も一緒だった。直之進は、二人を米田屋に預けていたのだ。

「俺を狙った者を捕らえたゆえ、ようやく迎えに来ることができた。一人暮らしも今日までだ」

心の底から安心した顔で直之進がいい、どういうことだったのか、委細を語る。

「さようでしたか」

直之進が狙われた理由が、まさかおきくにあったとは。驚きでしかない。富士太郎は大きくうなずいた。

「伊沢要一郎という不届きな男のせいで、直之進さんは命を狙われたのですか。でも下手人を捕まえ、伊沢要一郎は成敗したのですね」

「成敗というほどのものではないが。あとのことは登兵衛どのに任せてある」

「ああ、淀島さんに……」

これで直之進さんは、もう命の心配はいらないんだね。富士太郎は安堵の息を漏らした。

——でもさ、どんなことがあろうと、直之進さんが殺られるわけがないんだよ。

富士太郎は会心の笑みを浮かべた。

「それで、その桶垣郷之丞という下手人は今どうしているのですか」

「怪我をしておるゆえ、秀士館で雄哲先生の手当を受けている。——ああ、そうだ。話し忘れていたが、桶垣郷之丞という男は、山梨家の旧臣だった」

「えっ、まことですか」

富士太郎は驚愕した。

「旦那、こいつはまさしく天の配剤《はいざい》ってやつじゃありやせんか」

珠吉が富士太郎にいった。

「うん、ほんとにそうだね」

大きく顎を引いてみせた富士太郎は顔を直之進に向けた。

「その山梨家の旧臣である桶垣郷之丞に会って、是非とも話をききたいのです」

富士太郎は、どういうことになっているか、いきさつを直之進に語った。

「なるほど、そういうことか」

直之進が合点のいった顔になる。

「桶垣郷之丞に詳しい話が聞ければ、誰が定岡内膳を殺して埋めたのか、はっきりするというのだな」

「そういうことです。桶垣郷之丞はいま秀士館にいるとおっしゃいましたね」

「そうだ。俺の突きを肩に受け、その上、自ら腹を切ったのだが、雄哲先生によれば、どうやら一命は取り留めるとのことだ。話も聞けるだろう」

やった、と富士太郎は小躍りしたいくらいだ。米田屋さんに来て本当によかった、と思った。

これも珠吉のおかげだね。

冠木門をくぐったところで直之進が足を止め、富士太郎を見る。

「おきくと直太郎を家に連れていく。すぐに戻ってくるゆえ、ここでしばらく待っていてくれぬか」

「家に行くくらい、私と直太郎だけで大丈夫ですよ」

おきくが直之進にいった。

「いえ、それはいけません」

富士太郎は強くおきくにいった。

「誰がひそんでいるか、知れたものじゃないですからね。直之進さんに誰もいないことを確かめてもらったほうがいいですよ」

「でも、いつもいつもそうするわけにはいかないですし」

「長く留守にしていたのですから、せめて今日だけでも直之進さんに見てもらってください。お願いします」

富士太郎はほとんど懇願した。

「わかりました」

にこにこと笑んで、おきくが答えた。

「主人に一緒に行ってもらいます」

「ああ、よかった」

富士太郎は胸をなで下ろした。

「では、それがしたちは、ここでお待ちしていますよ」

「うむ、すぐに戻る」

直之進がおきくと直太郎と連れ立って、住まいのほうへと去っていく。

しばらくして、直之進が再び姿を見せた。

「お待たせした」

直之進が富士太郎と珠吉に頭を下げる。

「いえ、とんでもない」

「よし、ではまいるか」

直之進の案内で、富士太郎と珠吉は医術方の建物に入った。薬草のにおいがむっとするほど籠もっており、富士太郎は軽くめまいを覚えた。

「すごいですね」

式台から中に上がって富士太郎はいった。

「うむ、俺も最初このにおいに立ちくらみがした」

「直之進さんがですか」

「うむ。ここにはさまざまな薬草が蓄えられているらしい」

「ああ、そういうことですか」

「どんな薬効があるか知らぬが、古笹屋《こざさや》どのが一所懸命に運んできていてな」

珠吉はこの手のにおいが好きなのか、胸一杯に吸い込んでいる。

「なにか体の中からきれいになっていくような心持ちがしやすよ」

「それはよかった」

直之進が珠吉を見て笑う。

「こちらだ」

廊下の突き当たりで直之進が足を止めた。板戸に向かって声をかける。

「雄哲先生」

「おう、その声は湯瀬どのだな。入りなされ」

「失礼します」

引手に手を当てて直之進が板戸を横に動かす。畳敷きの部屋の真ん中に布団が敷いてあり、そこに一人の男が横たわっているのが、富士太郎の目に映り込んだ。

あの男が桶垣郷之丞だね。

もう一人、郷之丞の枕元に女が端座していた。女房のおけいだろう。さすがに沈鬱な表情をしていたが、ふだんはちゃきちゃきと明るい女なのでは、という気が富士太郎はした。

「おう、樺山どのと珠吉も一緒か」

顔を上げた雄哲が、富士太郎たちに快活な声を投げてきた。

「先生、お疲れさまです」

富士太郎は敷居際で挨拶した。珠吉もぺこりと辞儀する。

「お疲れさまとは、ああ、この患者のことか」

雄哲が郷之丞に目を向ける。郷之丞は目を覚ましているようだが、なにやら薬が効いているのか、瞳がひどく潤んでいた。顔色は青く、生気が感じられない。

直之進がなにゆえ富士太郎たちがやってきたか、説明した。

「ほう、この男と話がしたいのか。今は起きることもかなわぬが、話はできよう。だが、長くはいかぬぞ」

「承知しております」

富士太郎は丁寧に頭を下げた。

「幸いにも傷は急所を外れておった。その上、天下の名医であるわしが診たのだ。命を取り留めるのも当たり前であろうな」

かかか、と雄哲が高笑いした。

「ちとわしは食堂に行って、腹ごしらえをしてくる。さすがに腹が空いたわ」

雄哲先生はずっとここに詰めていらしたのだな、と富士太郎は察した。患者のためならどんな労苦もいとわないのだ。さすがに雄哲先生だね。算兼先生とはちがうよ。

どっこらしょといって雄哲が立ち上がる。

「すぐに戻る」

直之進にいい置いて、雄哲が出ていった。

入れちがうようにして直之進が部屋に入り込み、郷之丞の枕元に座した。郷之丞が富士太郎を見る。おけいもじっと目を当てている。

「樋垣郷之丞――」

直之進が厳《おごそ》かな声で呼んだ。

「こちらの樺山富士太郎さんは南町奉行所の同心だ。おぬしに話をききたいとのことだ。よいか」

「どのような話かな」

わずかに唇を動かし、かすれた声で郷之丞が直之進にきいた。

「山梨家のことですよ」

富士太郎は自ら声を発した。

「山梨家……。なにをききたいのかな」

「誰が定岡内膳どのを殺したか」

「定岡内膳……」

郷之丞の瞳が戸惑ったように揺れる。

富士太郎はすぐさま説明した。

「ああ、おったな。すっかり忘れていた。殿とはずいぶん仲がよかったと聞いていたが、そうか、殿を裏切っておったのか。殿の仇を討つため、あの定岡内膳を殺し、喜与姫さまの祠近くに埋めたのは誰か、か」

「そういうことですよ」

富士太郎は深くうなずいてみせた。

郷之丞はほとんど考えることはなかった。直之進に命を救ってもらって強い感謝の念があるらしい。

「永井孫次郎どのではないか。最もぴったりと当てはまる」

「いま永井孫次郎といったか」

驚いたように直之進がきいた。

「そうだが……」

直之進の勢いに郷之丞が目をみはる。

「直之進さん、ご存じなのですか」

間髪を容れず富士太郎はきいた。

「うむ。知っておる。喜与姫の祠近くで木乃伊が出たとき、見覚えがある男がいるといって倉田があとをつけていった浪人が、確か永井孫次郎という名だった」

「では、倉田さんにきけば、永井孫次郎という男の居場所がわかるのですね」

「わかるだろう。――桶垣郷之丞、おぬしは永井孫次郎の住処《すみか》を知らぬのだな」

「うむ、一別以来、一度も会っておらぬ」

「今日、倉田さんは秀士館に来ていらっしゃいますか」

「来ているのではないかな。一日二日休んだことがあったらしいが」

雄哲が帰ってくるまで郷之丞のそばにいるという直之進に感謝の意を告げて、富士太郎と珠吉は医術方の建物を出た。

圧倒される薬のにおいから解き放たれて、富士太郎はさすがにほっとした。秀士館の道場に向かう。

佐之助は門人たちに稽古をつけていた。道場内に入ってきた富士太郎と珠吉を見ると、すぐに寄ってきた。

「話がある顔だな」

佐之助が富士太郎を見つめてすぐにいった。

「さようです」

富士太郎は用件を話した。

「永井孫次郎か」

佐之助が顔をしかめた。

「住まいを教えてください」

「捕らえるのか」

「そういうことになりましょう」

「ちょっと来てくれ」

佐之助が手招く。富士太郎と珠吉は道場の裏手に連れていかれた。人けはまったくなく、物寂しい雰囲気だ。

富士太郎をじっと見据えて佐之助が語る。

それを聞き終えて、富士太郎は顎を引いた。

「つまり、もし永井孫次郎が番所行きになれば、山梨石見守さまの奥方と忘れ形見は死ぬしかなくなるということですね」

「その通りだ。蓄えが少しはあるだろうが、二人は永井に頼り切って生きておるゆえ」

「倉田さん」

富士太郎は真摯《しんし》に呼びかけた。

「それがしを信じて、永井孫次郎の住処を教えていただけませんか」

「信じるというのは、どういう意味だ」

「今は、いえません。でも、なんとしても信じてほしいのです」

「樺山、なにか考えがあるのだな」

「それもいえません」

「ただ信じろというのか」

「さようです」

佐之助が鋭い目をさらに鋭くして、富士太郎を見る。まったく瞬きのない目だ。

この目に見つめられると、富士太郎はいつも落ち着かなくなる。今日も同じ気持ちを味わったが、態度にあらわさないように必死に耐えた。

「わかった、信じよう」

やがて佐之助が静かな口調でいった。

「ありがとうございます」

ほっと息を吐き出し、富士太郎は感謝の言葉を述べた。

四

数日後、富士太郎が珠吉とともに秀士館にやってきた。

直之進、佐之助、富士太郎に珠吉の四人は、秀士館の客間で大左衛門を待っていた。

富士太郎が目を動かし、左側の襖絵をじっと見た。

いい絵ですねえ、というように何度かうなずきを繰り返している。

斜め後ろに控える珠吉も、襖絵に真剣な目を当てている。

「その襖絵だが、富士太郎さん、高名な絵師の手によるものに見えるか」

直之進は富士太郎にきいた。

「それがしは絵のことはほとんどわかりませんが、よく描けた絵だなあと思いますねえ。この白鷺は、まことおいしそうに餌《えさ》をついばんでいますよ」

「その鳥は白鷺に見えるが、実のところ鶴なのだ」

「えっ、そうなのですか」

富士太郎が驚く。珠吉も目を丸くしている。直之進の横にいる佐之助も、そうなのか、という顔になっている。

「ああ、鶴……」

顔を少し近づけ、富士太郎がじっくりと襖絵を見る。

「なるほど、鶴ですか」

「描いた者が鶴だといっているから、まちがいあるまい」

えっ、と富士太郎が直之進に顔を向ける。

「直之進さんは、この襖絵を描いた絵師をご存じなんですか」

「ああ、知っている。佐賀どのだ」

もったいぶらずに直之進は告げた。

「そうだったのですか」

富士太郎は半分、納得したような顔だ。

「秀士館のこの客間の絵だけは、ご自身で描きたかったのだそうだ」

「佐賀どのは、よく絵を描かれるのですか」

「うむ、お好きらしい」

そうなのですか、と富士太郎がいった。

「さすがにお上手ですね。背景になっている富士山なんて、なんかこう、生き生きしていて、まるでそこにそそり立っているかのようじゃないですか」

あれこれ思案して、一所懸命に褒めるところを探したという感じだ。

「いや、富士太郎さん、実はそれも富士山じゃないらしい」

「ならば、どこの山だ」

横から佐之助がきいてきた。

「相模の大山《おおやま》と聞いている」

「大山参りの大山か」

口をあんぐりと開けて佐之助が愕然とする。

「行ったことはないが、姿の美しいなだらかな山と聞いたことがあるぞ」

「俺も登ったことは一度もないが、大山は何度も目にしている。東海道の平塚宿《ひらつか》あたりからよく見える。同時に富士山も望めるな」

「俺も駿州沼里に行ったことがあるが——」

直之進をじっと見て佐之助がいった。四年ばかり前、殺し屋だった佐之助は依頼を受けて、千勢の想い人だった藤村円四郎《ふじむらえんしろう》を殺しに沼里までやってきたのだ。千勢にとって仇だった佐之助は、今や千勢の亭主だから、人の世はわからないものだ。

「往きも帰りも大山は見えなんだな」

「そうか」

それにしても、と富士太郎が明るい口調でいった。

「佐賀どのはなにか、楽しいお方ですね」

富士太郎はにこにこしている。

その顔を見て、直之進も我知らず笑みがこぼれた。

「佐賀どのは、この絵になんらかの意味を込めたのではないかな」

直之進はつぶやくようにいった。

「どんな意味だ」

すぐさま佐之助が問う。

「それはわからぬ」

苦笑して直之進はかぶりを振った。

「凡人の俺には無理だ」

「果たして意味などあるのかな」

襖絵を見つめ、佐之助がぽつりといった。

「きっとあるさ。——ところで富士太郎さん」

顔を転じて直之進は呼びかけた。

「はい、なんでしょう」

直之進を見つめ返して、富士太郎が居住まいを正す。

「富士太郎さんには自信があったのだな」

「えっ、なんのことですか」

話題が急に変わり、富士太郎が戸惑いの表情を浮かべる。

「永井孫次郎のことだ」

「ああ、永井さんの仕置きのことですね」

富士太郎が納得の顔になった。

「そうだ。永井が無罪放免になると、富士太郎さんにはわかっていたのだな」

直之進は確信を持っていった。

「ええ、直之進さんのおっしゃる通りですよ」

富士太郎が頰を緩めて答えた。

「それがしには無罪放免になることが、はっきりとわかっておりました」

「樺山、なにゆえそうなることがわかっておったのだ」

富士太郎が、直之進の横に座る佐之助を見つめた。

「倉田さんは、すでにおわかりなのではありませんか」

「むろん、俺なりに推測はしておる。だが、おぬしから、しっかりとした説明を聞きたい」

「わかりました」

目に光を宿して富士太郎が顎を引いた。

「実際のところ、すでに定岡内膳の死は病死と発表され、公儀の手ですべての始末は済んでいます」

「うむ」

佐之助がうなずく。

「病死した定岡内膳が本当は殺された、そしてその下手人をそれがしが捕らえたといい張ったところで、聞き入れる者など公儀の役人には一人もおらぬのです」

「なにゆえそういうことになる」

「だって面倒じゃないですか」

破顔して富士太郎が続ける。

「誰しも臭いものに蓋をするほうが楽ですからね。ほじくり返したって、誰が得するわけでもない。誰にとっても、いいことなんか、一つもありませんよ」

確かにそういうものかもしれぬ、と直之進は思った。

「だったら、このままなにもなかったことにしておこうっていうのが、役人たちに相通ずる思いですよ。それに、自分たちの面目にも関わってきます。自分たちが定岡内膳の死について、ろくに調べもせず簡単に始末をつけたことになりますよ。役人というのは、そういう自分たちの過ちを決して認めようとはしないのです。面目を保つためならなんでもしますから。その必死さというのは、まこと、大したものですよ」

「だが、樺山自身も役人だろう。しかも、ほじくり返すのが大好きではないのか」

「その通りですが、それはそれがしの性分ですし、役目柄ということもあります。まあ、ほじくり返すのがいくら好きだといっても、時と場合によります。永井孫次郎どのの場合、倉田さんが助けたいと思ったように、それがしも死なせたくないな、と考えましたよ」

「ほう、そうだったのか」

意外そうでもなく佐之助がいう。富士太郎が頰を人さし指でかく。

「そんなことを考えるなど、定廻りとしていかがなものか、と思わないでもなかったのですが、なんでもかんでも捕まえて牢屋に放り込み、死罪にしちまうというのは、やはりおかしいですからね」

——富士太郎さんはそんなことを考えながら仕事に励んでいるのか。

やはりほかの定廻りとはちがうようだな、と直之進は思った。

「もちろん、裁きの場で情状酌量《じょうじょうしゃくりょう》される者もおりますが、それは死罪が遠島《えんとう》になったり、遠島が所払《ところばらい》になったりするくらいのもので、死罪に相当する罪を犯した者が、情状を酌量されて無罪になるようなことは、まずありませんからね」

言葉を切り、富士太郎が唇を湿す。

「それがしはこれまでに何度も、誤って殺してしまったのも仕方ないんじゃないかなあ、と下手人に同情したことがあります。でも、人を殺してしまったら、どんな事情があろうと、まず死罪です。自らの身を守るために意図せずに殺してしまった場合でも、ほとんど死罪になります。よくて遠島です」

「ふむ、そういうものなのか」

直之進は口を挟んだ。

「ええ、そういうものです」

富士太郎が直之進に向かってうなずく。

「それがしは、これまで裁きというものに忸怩《じくじ》たる思いを抱いてきました。ですので、法度《はっと》ではしっかりと認められている仇討をした永井さんを、なんとしても死なせたくありませんでした。それがしも法度を犯さぬように、うまくけりをつけられたらいいなあ、と考えていたのですよ」

「そんなことを、樺山、いつ考えたのだ」

佐之助が問う。

「永井さんと会い、話をしたときです」

「ああ、そうだったのか」

永井と会ったことで罪を不問に付す気になったのだろうな、と佐之助は考えたようだ。納得した表情でうなずきを繰り返す。

ええ、と富士太郎が笑顔でいった。

「結局のところ、お奉行からお叱りを受けた上で永井さんは無罪放免になっています。すべての仕置きは済んだという御墨付をもらったも同然ですよ」

そういうことか、と佐之助がいった。

「富士太郎としては、いったんは捕らえることで永井に禊《みそ》ぎをさせようと考えたわけだな」

「ああ、禊ぎですか。なんともぴったりの言葉ですね」

うれしげに富士太郎が首を縦に動かした。

「そのほうが後腐れがないと思いまして」

なんともたくましくなったものだな、と富士太郎を見て直之進は感じ入った。

「さすがは富士太郎さんだ」

直之進は心の底から褒めた。

へへへ、と富士太郎が照れたように笑う。

「直之進さんからそんなふうにいわれると、羽が生えて天に舞い上がりそうな心持ちになりますよ」

「いや、樺山、まことに大したものだぞ」

真剣な顔で佐之助がたたえる。

「倉田さんまで、そんなふうにいってくれるなんて……」

富士太郎が両手で自分の頬を包み込み、うっとりとする。

富士太郎のそんな仕草を見慣れていないらしい佐之助が、明らかにぎくりとした。

こういう富士太郎さんは、と直之進は見つめて思った。相変わらずかわいらしいおなごのようだな。

——たくましくなったといっても、いかにも富士太郎さんらしいではないか。いつまでも優しい心根だけは、変わらぬということだ。

直之進は深い感懐を抱いた。

——富士太郎さんはどんどん成長していっている。俺も負けられぬぞ。

直之進は強い覚悟を心に刻みつけた。

夕闇が降りようとしている。

前を行く珠吉に富士太郎は呼びかけた。

「どうだい、珠吉。今日くらい、飲みに行こうか」

えっ、といって珠吉が振り返った。

「旦那、飲みたいんですかい」

「いや、大して飲みたくはないよ。珠吉が飲みたいんじゃないかって思ったんだ」

「あっしは酒は好きですけど、最近はどうもあまり飲みたいって気がなくなっちまったんですよ」

「えっ、そうなのかい」

「歳ってこともあるんでしょうけど、ずっと飲まずにいると、どういうわけか体がとても軽いんですよ」

「ああ、そうなのかい」

富士太郎は珠吉のことを案じた。すぐにその富士太郎の表情を見て取ったようで、珠吉が首を横に振った。

「別に体の調子が悪いから飲まないようにしているとか、そういうわけじゃないんですよ。旦那、勘ちがいしないでおくんなさいよ」

「うん、よくわかっているよ。それで酒をやめてから、どのくらいたつんだい」

「もう半年くらいですかね」

「えっ、そんなに飲んでいないのかい」

知らなかった。

「ええ、一滴も飲んでおりやせんよ。もう慣れやした」

「ああ、そうだったのか。じゃあ、誘うのも悪いねえ」

「旦那、すみません」

歩きながら珠吉が富士太郎に向かって頭を下げる。

「謝ることなんかないよ。しかし珠吉は大したものだねえ」

「いえ、酒をやめるくらい、大したことじゃありやせんよ」

「いや、大したことだと思うよ。おいらには真似できないもの」

「旦那は若いからですよ」

柔和に目を細め、珠吉が語りかけてくる。

「それにしても旦那、よかったですねえ」

「うん、なにがだい」

「決まってるじゃありやせんか。湯瀬さまと倉田さまのお二人が、口を極めて褒めてくれたことですよ」

「そうだね、うれしかったよ。でもさ、珠吉」

「なんですかい」

「本当においらは正しいことをしたのかなあ、と考えることもあるよ」

唇を軽く嚙み、富士太郎は首を振り振りいった。

「いいことをしたんですよ」

顔を上気させて珠吉が力説する。

「あの一件に関して旦那は役目を果たしたにすぎませんよ。お天道さまに恥じるような真似はしておりやせんし。なにより人として正しいことをしたんですよ」

「そうかな、人として正しいことをしたかな」

「まちがいありやせんよ」

怒ったような顔で珠吉が断言する。

「永井さまだけでなく、奥方と忘れ形見まで救ったことになるんですから。まさしく人として行うべきことだったんですよ」

「それならいいけど」

「大丈夫でやすよ。旦那は過ちなど犯していやせんから」

「珠吉にそういってもらえると、気持ちが楽になるよ。ありがとうね」

「いえ、なんでもありやせんよ」

珠吉の声を心地よく聞いた富士太郎は歩を進めつつ、ふと目を閉じた。

永井孫次郎が妻子と再会したときのことが、まぶたの裏に浮かんできた。

あなたさま、父上。大袈裟でなく小躍りした二人が孫次郎に駆け寄る。

孫次郎が二人をしっかと抱き締める。

妻子はまわりを憚《はばか》ることなく、声を上げて泣きはじめた。

その様子を見て、富士太郎も涙が止まらなくなった。珠吉も目を潤ませていた。

三人の喜びようは、本当に血のつながりがある親子にしか見えなかった。

「——旦那っ」

いきなり珠吉の声が、富士太郎の耳に飛び込んできた。

はっ、として目を開けると、なにか黒い物が眼前に迫っていた。あわてて富士太郎はかわした。

「旦那、大丈夫ですかい」

富士太郎が危うく避けたのは、商家の軒を支えている柱だった。

「うん、大丈夫だよ。珠吉のおかげで、うまくよけられたよ」

「まったくびっくりしましたよ。なんとなく後ろを振り返ってみたら、旦那が目をつぶって歩いているんですからね。旦那はもうじき父親になるんですから、しっかりしてもらわないと」

「うん、よくわかっているよ」

富士太郎は深くうなずいた。

「早く生まれたらいいですねえ」

前を向いた珠吉がしみじみといった。

「まったくだよ」

富士太郎は、早く子が生まれぬか、と熱望している。

きっと今より幸せな暮らしが待っていよう。

富士太郎はそれが待ち遠しくてならない。

この作品は双葉文庫のために書き下ろされました。

双葉文庫

す-08-35

口入屋用心棒《くちいれやようじんぼう》
木乃伊《ミイラ》の気《き》

2016年8月7日　第1刷発行

【著者】
鈴木英治《すずきえいじ》
©Eiji Suzuki 2016

【発行者】
稲垣潔

【発行所】
株式会社双葉社
〒162-8540 東京都新宿区東五軒町3番28号
［電話］03-5261-4818（営業）　03-5261-4833（編集）
www.futabasha.co.jp
（双葉社の書籍・コミックが買えます）

【印刷所】
慶昌堂印刷株式会社

【製本所】
株式会社若林製本工場

【表紙・扉絵】南伸坊
【フォーマット・デザイン】日下潤一
【フォーマットデジタル印字】飯塚隆士

落丁・乱丁の場合は送料双葉社負担でお取り替えいたします。
「製作部」宛にお送りください。
ただし、古書店で購入したものについてはお取り替えできません。
［電話］03-5261-4822（製作部）

ISBN978-4-575-66790-5 C0193
Printed in Japan

秋山香乃
からくり文左 江戸夢奇談
風冴ゆる
長編時代小説〈書き下ろし〉
入れ歯職人の桜屋文左は、からくり師としても類まれな才能を持つ。その文左が、八百八町を震撼させる難事件に直面する。シリーズ第一弾。

秋山香乃
からくり文左 江戸夢奇談
黄昏に泣く
長編時代小説〈書き下ろし〉
文左の剣術の師にあたる徳兵衛が失踪した日の夕刻、文左と同じ町内に住む大工が、酷い姿で堀に浮かぶ。シリーズ第二弾。

秋山香乃
伊庭八郎幕末異聞
未熟者
長編時代小説〈書き下ろし〉
心形刀流の若き天才剣士・伊庭八郎が仕合に臨んだ相手は、古今無双の剣士・山岡鉄太郎だった。山岡の〝鉄砲突き〟を八郎は破れるのか。

秋山香乃
伊庭八郎幕末異聞
士道の値《あたい》
長編時代小説〈書き下ろし〉
江戸の町を震撼させる連続辻斬り事件が起きた。伊庭道場の若き天才剣士・伊庭八郎が、事件の探索に乗り出す。好評シリーズ第二弾。

秋山香乃
伊庭八郎幕末異聞
櫓《ろ》のない舟
長編時代小説〈書き下ろし〉
サダから六所宮のお守りが欲しいと頼まれ、府中まで出かけた伊庭八郎。そこで待ち受けていたものは……!? 好評シリーズ第三弾。

鈴木英治
口入屋用心棒 1
逃げ水の坂
長編時代小説〈書き下ろし〉
仔細あって木刀しか遣わない浪人、湯瀬直之進は、江戸小日向の口入屋・米田屋光右衛門の用心棒として雇われる。好評シリーズ第一弾。

鈴木英治
口入屋用心棒 2
匂い袋の宵
長編時代小説〈書き下ろし〉
湯瀬直之進が口入屋の米田屋光右衛門から請けた仕事は、元旗本の将棋の相手をすることだったが……。好評シリーズ第二弾。

鈴木英治

口入屋用心棒10

雨《あめ》上《あが》りの宮《みや》

長編時代小説〈書き下ろし〉

死んだ緒加屋増左衛門の素性を確かめるため、探索を開始した湯瀬直之進。次第に明らかになっていく腐米汚職の実態。好評シリーズ第十弾。

鈴木英治

口入屋用心棒11

旅立ちの橋

長編時代小説〈書き下ろし〉

腐米汚職の黒幕堀田備中守を追詰めようと策を練る直之進は、長く病床に伏していた沼里藩主誠興から使いを受ける。好評シリーズ第十一弾。

鈴木英治

口入屋用心棒12

待伏せの渓《たに》

長編時代小説〈書き下ろし〉

堀田備中守の魔の手が故郷沼里にのびたことを知り、江戸を旅立った湯瀬直之進。その道中、直之進を狙う罠が……。シリーズ第十二弾。

鈴木英治

口入屋用心棒13

荒南風《あらはえ》の海

長編時代小説〈書き下ろし〉

腐米汚職の真相を知る島丘伸之丞を捕えた湯瀬直之進は、海路江戸を目指していた。しかし、黒幕堀田備中守が島丘奪還を企み……。

鈴木英治

口入屋用心棒14

乳呑児《ちのみご》の瞳《め》

長編時代小説〈書き下ろし〉

品川宿で姿を消した米田屋光右衛門の行方をさがすため、界隈で探索を開始した湯瀬直之進。一方、江戸でも同じような事件が続発していた。

鈴木英治

口入屋用心棒15

腕試しの辻

長編時代小説〈書き下ろし〉

妻千勢が好意を寄せる佐之助が失踪した。複雑な思いを胸に直之進が探索を開始した矢先、千勢と暮らすお咲希がかどわかされかかる。

鈴木英治

口入屋用心棒16

裏鬼門《うらきもん》の変

長編時代小説〈書き下ろし〉

ある夜、江戸市中に大砲が撃ち込まれる事件が発生した。勘定奉行配下の淀島登兵衛から探索を依頼された湯瀬直之進を待ち受けるのは!?

鈴木英治
口入屋用心棒17 火走《ひばし》りの城
長編時代小説〈書き下ろし〉
湯瀬直之進らの探索を嘲笑うかのように放たれた一発の大砲。賊の真の目的とは？　幕府の威信をかけた戦いが遂に大詰めを迎える！

鈴木英治
口入屋用心棒18 平蜘蛛《ひらぐも》の剣
長編時代小説〈書き下ろし〉
口入屋・山形屋の用心棒となった平川琢ノ介。あるじの警護に加わって早々に手練の刺客に襲われた琢ノ介は、湯瀬直之進に助太刀を頼む。

鈴木英治
口入屋用心棒19 毒飼《どくが》いの罠
長編時代小説〈書き下ろし〉
婚姻の報告をするため、おきくを同道し故郷沼里に向かった湯瀬直之進。一方江戸では樺山富士太郎が元岡っ引殺しの探索に奔走していた。

鈴木英治
口入屋用心棒20 跡継ぎの胤《たね》
長編時代小説〈書き下ろし〉
主君又太郎危篤の報を受け、沼里へ発った湯瀬直之進。跡目をめぐり動き出した様々な思惑、直之進がお家の危機に立ち向かう。

鈴木英治
口入屋用心棒21 闇隠《やみがく》れの刃
長編時代小説〈書き下ろし〉
江戸の町で義賊と噂される窃盗団が跳梁するなか、大店に忍び込もうとする一味と遭遇した佐之助は、賊の用心棒に斬られてしまう。

鈴木英治
口入屋用心棒22 包丁人の首
長編時代小説〈書き下ろし〉
拐かされた弟房興の身を案じ、急遽江戸入りした沼里藩主の真興に隻眼の刺客が襲いかかる！沼里藩の危機に、湯瀬直之進が立ち上がった。

鈴木英治
口入屋用心棒23 身過《みす》ぎの錐《きり》
長編時代小説〈書き下ろし〉
米田屋光右衛門の病が気掛りな湯瀬直之進は、高名な医者雄哲に診察を依頼する。そんな折、平川琢ノ介が富くじで大金を手にするが……。

鈴木英治

口入屋用心棒24 緋《ひ》木《ぼ》瓜《け》の仇《あだ》

長編時代小説〈書き下ろし〉

徐々に体力が回復し、時々出歩くようになった米田屋光右衛門。そんな折り、直之進のもとに光右衛門が根岸の道場で倒れたとの知らせが！

鈴木英治

口入屋用心棒25 守り刀の声

長編時代小説〈書き下ろし〉

老中首座にして腐米騒動の首謀者であった堀田正朝。取り潰しとなった堀田家の残党に盟友和四郎を殺された。湯瀬直之進は復讐を誓う。

鈴木英治

口入屋用心棒26 兜割《かぶとわ》りの影

長編時代小説〈書き下ろし〉

江戸市中で幕府勘定方役人が殺された。その惨殺死体を目の当たりにし、相当な手練による犯行と踏んだ湯瀬直之進は探索を開始する。

鈴木英治

口入屋用心棒27 判《はん》じ物《もの》の主《ぬし》

長編時代小説〈書き下ろし〉

呉服商の船越屋岐助から日本橋の料亭に呼び出された湯瀬直之進は、料亭のそばで事切れていた岐助を発見する。シリーズ第二十七弾。

鈴木英治

口入屋用心棒28 遺言状の願《ねがい》

長編時代小説〈書き下ろし〉

遺言に従い、光右衛門の故郷常陸国・鹿島に旅立った湯瀬直之進とおきく夫婦。そこで、思いもよらぬ光右衛門の過去を知らされる。

鈴木英治

口入屋用心棒29 九層倍《くそうばい》の怨《うらみ》

長編時代小説〈書き下ろし〉

八十吉殺しの探索に行き詰まる樺山富士太郎。湯瀬直之進が手助けを始めた矢先、掏摸に遭った薬種問屋古笹屋と再会し用心棒を頼まれる。

鈴木英治

口入屋用心棒30 目利《めき》きの難《なん》

長編時代小説〈書き下ろし〉

江都一の通人、佐賀大左衛門の元に三振りの刀が持ち込まれた。目利きを依頼された大左衛門だったが、その刀が元で災難に見舞われる。